Diário
absolutamente verdadeiro de um índio de meio expediente

Diário absolutamente verdadeiro de um índio de meio expediente

SHERMAN ALEXIE

Ilustrações de
Ellen Forney

Tradução de
Maria Alice Máximo

galera
RECORD

Rio de Janeiro | 2009

CIP-BRASIL. CATALOGAÇÃO-NA-FONTE
SINDICATO NACIONAL DOS EDITORES DE LIVROS, RJ

A371d

Alexie, Sherman
   Diário absolutamente verdadeiro de um índio de meio expediente / Sherman Alexie; tradução de Maria Alice Máximo; ilustrações de Ellen Forney. - Rio de Janeiro: Galera Record, 2009.

   Tradução de: The absolutely true diary of a part-time indian
   ISBN 978-85-01-08274-9

   1. Ficção americana. I. Máximo, Maria Alice. II. Título.

09-2913   CDD: 813
                                           CDU: 821.111(73)-3

Título original em inglês:
The Absolutely True Diary of a Part-Time Indian

Copyright do texto © 2007 by Sherman Alexie
Copyright das ilustrações © 2007 by Ellen Forney

Os direitos morais dos autores foram assegurados.

Todos os direitos reservados.
Proibida a reprodução, no todo ou em parte, através de quaisquer meios.
Os direitos morais do autor foram assegurados.

Projeto original de miolo: Tracy Shaw
Adaptação de projeto gráfico e capa, composição de miolo
e edição de imagens: Renata Vidal da Cunha

Texto revisado pelo Novo Acordo Ortográfico da Língua Portuguesa.

Direitos exclusivos de publicação em língua portuguesa
somente para o Brasil adquiridos pela
EDITORA RECORD LTDA.
Rua Argentina 171 – Rio de Janeiro, RJ – 20921-380 – Tel.: 2585-2000
que se reserva a propriedade literária desta tradução

Impresso no Brasil

ISBN 978-85-01-08274-9

PEDIDOS PELO REEMBOLSO POSTAL
Caixa Postal 23.052 – Rio de Janeiro, RJ – 20922-970

Para Wellpinit
e Reardan,
cidades de
onde vim

Existe um outro mundo, mas ele fica neste mesmo.

W. B. Yeats

O Clube do Olho Roxo do Mês

✼

Nasci com água no cérebro.

Tudo bem, esta não é exatamente a verdade. De fato, nasci com excesso de fluido cerebroespinhal dentro do crânio. Mas fluido cerebroespinhal é apenas um jeito elegante de os médicos se referirem à graxa dos miolos. A graxa dos miolos funciona no interior dos lobos como a graxa de automóvel funciona dentro de um motor. Mantém as coisas funcionando bem e sem sobressaltos. Mas, com tanta gente no mundo, logo eu tinha que nascer com excesso de graxa dentro do crânio. Ela foi ficando espessa e nojenta e acabou só complicando o funcionamento das coisas. Meus dispositivos de pensar, de respirar, de viver começaram a trabalhar cada vez mais devagar e alagaram.

Meu cérebro estava se afogando em graxa.

A explicação dada desse jeito faz com que esta história soe bizarra e engraçada, como se meu cérebro fosse uma gigantesca batata frita. Portanto, parece mesmo mais sério, poético e exato dizer que "nasci com água no cérebro".

Pensando bem, este também não é um jeito muito sério de explicar meu problema. Talvez toda essa história *seja mesmo* esquisita e hilária.

Mas poxa, será que minha mãe, meu pai e minha irmã e vovó e os primos e tias acharam engraçado quando os médicos abriram meu craniozinho e aspiraram todo o líquido extra com um aspiradorzinho minúsculo?

Eu tinha apenas seis anos de idade e talvez morresse na cirurgia. E ainda que eu sobrevivesse ao miniaspirador, esperava-se que eu tivesse sequelas no cérebro devido à cirurgia e passasse o resto da vida como um vegetal.

Bem, obviamente sobrevivi à cirurgia. Não estaria escrevendo isso se não tivesse, mas tenho problemas físicos de todo tipo que resultam diretamente dos meus problemas no cérebro.

Para começar, acabei ficando com quarenta e dois dentes na boca. O ser humano típico tem trinta e dois, não? Mas eu fiquei com quarenta e dois.

Dez mais do que o usual.

Dez mais do que o normal.

Dez dentes a mais do que um ser humano tem. Resultado: meus dentes ficaram tão apertados que eu mal podia fechar a boca. Fui ao Serviço de Saúde dos Índios para que me extraíssem alguns deles e eu pudesse comer normalmente, não como um urubu babão. Mas o Serviço de Saúde dos Índios só marcava cirurgias grandes uma vez por ano, e assim tive que extrair todos os dez dentes extras *em um só dia.*

Para azar meu, nosso dentista branco acreditava que os índios só sentiam metade da dor que os brancos sentem, portanto me deu apenas meia dose de Novocaína.

Sujeito bonzinho, não?

O Serviço de Saúde dos Índios também só fornecia óculos uma vez por ano, e de um só estilo: aqueles feiosos, grossos, com aros de plástico preto.

O defeito do meu cérebro me deixou com miopia em um olho e hipermetropia no outro. Além de feios, meus óculos eram tortos, porque meus olhos eram tortos.

Resultado: tenho dores de cabeça porque meus olhos não se dão bem um com o outro. São inimigos do tipo: eles eram casados, se separaram e agora se detestam. Vocês sabem como são essas coisas.

Por causa disso, comecei a usar óculos com três anos. Corria de um lado para outro na reserva parecendo *um avô* índio de três anos de idade.

Para completar, eu era magricela. Se eu ficasse de perfil, *desaparecia*.

Em compensação, minhas mãos e meus pés eram enormes. Eu calçava 43 quando estava no terceiro ano! Com meus pés enormes e meu corpo de lápis, eu parecia um L maiúsculo caminhando.

E meu crânio era gigantesco.

Épico.

Minha cabeça era tão grande, que os pequenos crânios dos outros índios orbitavam à sua volta. Daí o apelido de Órbita. Outros meninos me chamavam simplesmente de Globo. Os mais encrenqueiros me pegavam, me faziam girar, punham o dedo em algum lugar do meu crânio e diziam "Eu quero viajar para esse lugar".

Obviamente parecia um pateta, mas o que se passava *por dentro* de mim era o pior.

Para começar, eu tinha convulsões. Pelo menos duas por semana, o que prejudicava meu cérebro regularmente. O grande problema era o seguinte: estava tendo convulsões porque *já* tinha danos cerebrais, que eram agravados a cada convulsão.

Era isso mesmo: sempre que eu tinha uma convulsão, bagunçava ainda mais o que já estava bagunçado.

Não tenho uma há sete anos, mas os médicos dizem que sou "suscetível a episódios de convulsão".

Suscetível a episódios de convulsão.

Dito assim, como quem está esnobando, não parece algo imponente?

Não posso me esquecer de mencionar a gagueira e a língua presa. Ou talvez devesse dizer que g-g-g-g-gaguejo e falo assssim.

As pessoas não imaginam que defeitos de fala possam representar ameaça de vida para quem os tem mas, vocês podem acreditar, nada há de mais perigoso para um menino do que ser gago e ter a língua presa.

Um gurizinho de cinco anos pode ser engraçado ao gaguejar e cecear. Ora, a maioria dos atores infantis de sucesso conseguiu chegar ao topo gaguejando e ceceando.

Até uns seis ou sete — no máximo oito anos — você ainda consegue ser engraçadinho se for gago ou cecear. Mas ao chegar aos nove ou dez, acabou-se. Não tem graça nenhuma.

A partir daí, se você continuar a gaguejar e a cecear, será classificado de retardado.

E se chegar, então, aos catorze anos de idade como eu, ainda gaguejando e com a língua presa, será considerado o maior retardado do mundo.

Todos na reserva me chamam de retardado pelo menos duas vezes por dia quando passam por mim, quando enfiam minha cabeça na privada ou quando me dão tapas na nuca.

Aliás, eu deveria estar escrevendo esta história do jeito que falo, mas se fizesse isso precisaria encher as páginas com gaguejos e ceceios e vocês logo se perguntariam por que estão lendo uma história escrita por *alguém tão retardado*.

Sabem o que acontece com um retardado na reserva indígena?

Apanha.

Pelo menos uma surra por mês.

Pois é, pertenço ao Clube-do-Olho-Roxo-do-Mês.

É claro que quero sair de casa. Mas é mais seguro ficar em casa. É por isso que fico quase o tempo todo em meu quarto, lendo e desenhando cartuns.

Aqui está um que fiz de mim mesmo.

Desenho o tempo todo.

Desenho cartuns da minha mãe e do meu pai; da minha irmã e da minha avó; do meu melhor amigo Rowdy; e de todo mundo da reserva.

Desenho porque as palavras são muito imprevisíveis.

Desenho porque as palavras são limitadas demais.

Se a pessoa escreve e fala em inglês, ou espanhol, ou chinês, ou qualquer outra língua, apenas um certo percentual da humanidade vai compreender o que ela quer dizer.

Mas quando ela desenha uma imagem, todo mundo é capaz de compreender.

Se eu desenhar uma flor, todos os homens, mulheres e crianças do mundo podem olhar para ela e dizer "É uma flor".

Desenho porque quero falar para o mundo e porque quero que o mundo preste atenção em mim. Eu me sinto importante com uma caneta na mão. Sinto que posso me tornar um adulto importante. Um artista. Um artista famoso, talvez. Quem sabe até mesmo um artista rico.

Esta é a única maneira de me tornar rico e famoso.

Deem só uma olhada no mundo. Quase todas as pessoas de pele marrom que são ricas e famosas são artistas. São cantores, atores, escritores, dançarinos ou poetas.

Por isso eu desenho. Sinto que talvez seja minha única possibilidade de escapar da reserva indígena.

Acho que o mundo é uma sequência de represas arrebentadas e de enchentes, e que meus cartuns são pequenos barcos salva-vidas.

Por que frango é tão importante para mim
✳

Então vocês já sabem que eu sou um cartunista. E acho que sou dos bons. Mas por melhor que eu seja, meus cartuns não resolvem meus problemas de dinheiro ou de comida. Eu gostaria de poder desenhar um sanduíche de pasta de amendoim com geleia, ou um punhado de notas de vinte dólares e, num passe de mágica, fazer com que se transformassem em coisas reais. Mas não sou capaz de fazer isso. Ninguém é capaz de fazer isso, nem mesmo o mágico mais faminto do mundo.

Eu gostaria de ser mágico, mas não passo de um pobre coitado vivendo com sua família de pobres coitados em um lugar de pobre coitados, a Reserva Indígena de Spokane.

Querem saber qual é a pior coisa quando se é pobre? Bem, talvez vocês já tenham deduzido esta equação matemática e imaginem que:

Pobreza = geladeira vazia + estômago vazio.

Claro, algumas vezes pulamos uma refeição em nossa casa, e sono é só o que temos para o jantar. Mas sei que, mais cedo ou mais tarde, meus pais vão chegar apressados com um balde cheio de frango frito do KFC.

Receita original.

O manto sagrado da coxinha KFC

Sabe, de uma maneira estranha, a fome faz a comida ficar mais saborosa. Nada é mais gostoso do que uma

coxa de frango quando se está sem comer há (aproximadamente) dezoito horas e meia. E vocês podem ter certeza de outra coisa: um bom pedaço de frango pode levar qualquer pessoa a acreditar na existência de Deus.

Portanto a fome não é a pior coisa quando se é pobre.

Bem, agora tenho certeza que vocês estão dizendo: "Então vá lá, Sr. Artista faminto, Sr. Tagarela, Sr. Coitadinho de Mim, diga logo qual é a pior coisa quando se é pobre?"

Tudo bem. Eu digo qual é a pior coisa.

Na semana passada meu melhor amigo, Oscar, ficou doente pra valer.

No começo pensei que fosse insolação, ou coisa assim. Fazia um calor de doido, pleno verão (40 graus à sombra e 90 por cento de umidade). Havia gente com insolação caindo a torto e a direito. Por que, então, um cachorrinho com um casaco de pelo não estaria com insolação?

Tentei dar água a ele, mas ele não quis saber de água.

Ficou ali deitado, com os olhos vermelhos, lacrimejantes e remelentos. Gemia de dor. Quando eu tocava nele, ele gania como um doido.

Era como se seus nervos estivessem todos à flor da pele.

Achei que se ele descansasse um pouco ficaria bom, mas aí ele começou a vomitar, a ter diarreia e a tremer tanto que chutava com as quatro patas ao mesmo tempo.

É certo que Oscar não passava de um viralata adotado, mas ele era também o único ser vivo com o qual eu podia contar. Ele era mais confiável do que meus pais, minha avó, minhas tias, meus tios, meus primos e minha irmã. Ele me ensinou mais coisas do que todas as professoras que tive.

Sinceramente, Oscar era uma pessoa melhor do que qualquer outro ser humano que eu conhecia.

— Mãe — disse —, precisamos levar o Oscar ao veterinário.

— Ele vai ficar bom logo — disse ela.

Mas ela estava *mentindo*. Os olhos dela sempre ficavam mais escuros no meio quando ela mentia. Minha mãe era uma índia spokane e péssima mentirosa, algo que nunca fez sentido para mim. Nós, índios, deveríamos ser bons mentirosos, de tanto que já mentiram para nós.

— Ele está muito doente, Mãe — disse. — Vai morrer se não for ao médico.

Ela me olhou bem séria. Seus olhos não estavam mais tão escuros no centro, por isso eu sabia que ela ia me dizer a verdade. E, vocês podem crer, há vezes em que a *última coisa* que uma pessoa quer ouvir é a verdade.

— Junior, meu amor — disse Mamãe —, sinto muito, mas não temos dinheiro para gastar com Oscar.

— Eu pago à senhora depois — disse. — Prometo.

— Querido, custaria centenas de dólares, talvez mil dólares.

— Eu pago ao médico depois. Vou arranjar um trabalho.

Mamãe deu um sorriso triste e me abraçou com força.

Poxa, como pude ser tão burro? Que tipo de trabalho pode um menino da reserva indígena arranjar? Eu sou jovem demais para distribuir cartas em uma mesa de cassino. Além do mais, só havia uns quinze gramados na reserva e seus donos não empregavam nenhum menino de fora da própria família para aparar a grama. A única entrega de jornais era feita por um dos velhos da tribo chamado Wally. Eram só cinquenta jornais, por isso o trabalho dele era quase que um passatempo.

Eu não podia fazer coisa alguma para salvar Oscar.

Nada.

Nada.

Nada.

Por isso me deitei no chão a seu lado e fiquei acariciando a cabeça dele, sussurrando seu nome *durante horas.*

Então Papai chegou em casa e, sem mais nem menos, teve uma daquelas longas conversas com Mamãe. Decidiram algo *sem minha participação.*

Em seguida, Papai tirou sua espingarda e sua munição do alto do armário.

— Junior — disse ele. — Leve Oscar para fora.

— Não! — gritei.

— Ele está sofrendo — disse Papai. — Precisamos ajudá-lo.

— O senhor não pode fazer isso! – gritei.

Tive vontade de socar a cara de meu pai. Tive vontade de socar o nariz dele até sangrar. Tive vontade de socar o olho dele até ele ficar cego. Tive vontade de socar o saco dele até ele desmaiar.

Eu estava ardendo de ódio. Eu era um vulcão de ódio. Uma tsunami de ódio.

Papai apenas ficou me olhando de um jeito triste. Tinha lágrimas nos olhos. Parecia um homem *fraco*.

Eu queria ter raiva dele por ele ser fraco.

Eu queria ter raiva do Papai e da Mamãe por sermos pobres.

Eu queria culpar aqueles dois pela doença do meu cachorro e por todas as doenças do mundo.

Mas não posso culpar meus pais pela nossa pobreza porque eles são os sóis gêmeos ao redor dos quais eu giro em órbita e meu mundo *EXPLODIRIA* sem eles.

Além do mais, meus pais nunca foram ricos. Eles não perderam no jogo as fortunas de suas famílias. Meus pais são filhos de gente pobre, que também nasceu de gente pobre, que nasceu também de gente pobre, até o início, onde tudo começou com os primeiros pobres sobre a terra.

Adão e Eva cobriram suas vergonhas com folhas de figo; os primeiros índios cobriram as deles *com suas pequenas mãos mesmo*.

Falando sério, eu sei que minha mãe e meu pai tinham sonhos quando eram crianças. Sonhavam com algo que não fosse a pobreza, mas nunca tiveram possibilidade de ser coisa nenhuma porque ninguém deu atenção aos sonhos deles.

Sei que se tivesse havido uma oportunidade, minha mãe teria feito uma faculdade.

Ela ainda lê livros como uma doida. Compra pilhas deles. E tem mais: ela se lembra de tudo que lê. É capaz de recitar páginas inteiras de memória. Minha mãe é um gravador humano. Fora de brincadeira, ela é capaz de ler um jornal em quinze minutos e depois me dizer todos os resultados dos jogos de beisebol, os locais de cada guerra que está havendo, o nome do sujeito que ganhou a última loteria e a temperatura máxima prevista para Des Moines, Iowa.

Se tivesse tido uma oportunidade, meu pai seria músico.

Quando bebe além da conta, ele canta antigas canções country. E blues, também. E — querem saber? — não canta nada mal. Parece até profissional. Parece um desses cantores de rádio. Ele toca violão e um pouco de piano. E tem aquele saxofone velho dos tempos de escola que ele guarda sempre limpinho e reluzente, como se estivesse para entrar em uma banda a qualquer momento.

QUEM MEUS PAIS TERIAM SIDO
SE ALGUÉM TIVESSE PRESTADO ATENÇÃO A SEUS SONHOS
gel para pentear ($50 da marca Vidal Sassoon!)
Óculos de intelectual (acrescentam 20 pontos a seu QI)
terninho de algodão e linho
Sociologia 101, Psicologia 101, Oratória 101
Sapatos com a numeração certa
PROFESSORA DO ANO / 1992-98 DA ESCOLA COMUNITÁRIA SPOKANE FALLS
Chapéu maneiro
Camisa social branc (comprada no supermercado porque ele gos de ser autêntico)
Óculos escuros
Calças de pied-de-po vintage, compra na internet
Sapatos mui bem engraxad (1 número me mas foram usados por Miles Davis
O QUINTO MELHOR JAZZISTA A OESTE DO MISSISSIPPI

Mas nós, índios da reserva, não realizamos nossos sonhos. Não temos oportunidade. Nem escolha. Somos pobres, e pronto. Não passamos disso.

Ser pobre é um saco, e é um saco saber que, de alguma forma, você *merece* ser pobre. O cara começa acreditando que é pobre porque é burro e feio. Depois começa a acreditar que é burro e feio porque é índio. E como o cara é índio, ele começa a acreditar que está destinado a ser pobre. É um círculo feio *e o cara não pode fazer nada para sair dele.*

A pobreza não dá forças a ninguém, nem dá lições de perseverança. Não, a pobreza só ensina o sujeito a ser pobre.

Voltando ao assunto, eu — pobre, moleque e sem poder algum — peguei Oscar no colo. Ele lambeu minha cara porque me amava e confiava em mim. Carreguei meu cachorro para fora de casa e botei ele deitado debaixo do pé de maçã verde.

— Eu te amo, Oscar — disse.

Ele me olhou nos olhos e juro para vocês que entendeu o que ia acontecer. Ele sabia o que Papai ia fazer. Mas Oscar não estava com medo. Ele estava aliviado.

Ele estava, mas eu não.

Saí correndo dali o mais rápido que pude.

Eu queria correr mais depressa do que a velocidade do som, mas ninguém, por maior que seja a dor que esteja sentindo, consegue correr tão rápido. Por isso eu ouvi o tiro da espingarda do meu pai quando ele matou meu melhor amigo.

Uma bala só custa dois centavos, e qualquer um tem esse dinheiro no bolso.

Vingança é meu nome do meio

❋

Depois da morte de Oscar, fiquei tão deprimido que tive vontade de me arrastar para dentro de um buraco e desaparecer para sempre.

Mas Rowdy me convenceu a não fazer isso.

— Ninguém ia mesmo dar por sua falta — disse ele. — Então é melhor você esquecer da ideia.

Duras palavras de consolo, não?

Rowdy é o menino mais durão da reserva. É comprido, magro e forte como uma cobra.

O coração dele é forte e cruel como o de uma cobra também.

Mas ele é meu melhor amigo humano e se importa comigo, portanto jamais mentiria para mim.

E ele estava certo. Ninguém ia mesmo sentir minha falta se eu desaparecesse.

Bem, Rowdy sentiria minha falta, só que jamais admitiria isso. Ele é durão demais para ter emoções dessa natureza.

Mas além de Rowdy, de meus pais, minha irmã e minha avó, ninguém mais sentiria minha falta.

Eu represento um zero na reserva. E se você subtrai zero de zero, continuará a ter zero. Então que sentido faz subtrair quando o resultado é sempre o mesmo?

Por isso deixei pra lá minha ideia.

Na verdade, acho que não tinha mesmo alternativa, já que Rowdy está vivendo um dos piores verões de sua vida.

O pai dele tem bebido muito e dado socos muito fortes, por isso Rowdy e sua mãe andam por aí todos machucados, com olhos roxos e a cara suja de sangue.

— É pintura de guerra — diz Rowdy. — Assim eu pareço mais durão ainda.

E acho que parece mesmo, porque Rowdy nunca tenta esconder seus machucados. Anda pela reserva com seu olho roxo e seu beiço partido.

Hoje de manhã ele entrou mancando em nossa casa, se jogou em uma cadeira, esticou a perna machucada em cima da mesa e fez uma careta que devia ser um sorriso.

A orelha esquerda estava coberta por um curativo.

— O que é isso na sua cabeça? — perguntei.

— O velho disse que eu não estava ouvindo o que ele dizia — disse Rowdy. — Daí ele tomou um pileque e tentou aumentar minha orelha um pouco.

Minha mãe e meu pai são beberrões também, mas eles não são maus desse jeito. Não são mesmo. Às vezes eles me ignoram. Às vezes gritam comigo. Mas eles nunca, jamais, nunca, nunca batem em mim. Na verdade, nunca levei uma surra. Juro. Acho que às vezes minha mãe tem vontade de me dar um tabefe, mas meu pai jamais permitiria isso.

Ele não é a favor de punição física; o que ele acha que funciona é me lançar um olhar tão frio que eu me transformo num cubo de gelo com cobertura de gelo e recheio de gelo.

Minha casa é um lugar seguro, e por isso Rowdy passa a maior parte do tempo conosco. É como se fosse um membro da família, um irmão e um filho extra.

— Você está a fim de ir ao powwow*? — perguntou Rowdy.

— Náááá ... — disse eu.

A tribo dos spokane celebra seu powwow anual em um fim de semana prolongado em setembro. Aquela era a 127ª festa anual e, como sempre, haveria música, dan-

---

* *powwow* é festa de congraçamento dos índios americanos. *(N. da T.)*

ças de guerra, jogos, gente contando histórias, gente rindo, pão frito, hambúrguer, cachorro quente, artesanato e muita gente bêbada contando vantagem.

Não quero participar disso.

Bem, das danças e da cantoria eu até que gosto. É mesmo bonito de assistir, mas eu tenho medo é dos índios que não dançam nem cantam. De todos aqueles índios sem ritmo e sem talento que certamente vão encher a cara de bebida e sair arrebentando quem estiver de bobeira pela frente.

E eu estou sempre de bobeira na frente deles.

— Vamos lá — insistiu Rowdy. — Eu protejo você.

Ele sabia que eu tinha medo de apanhar. E que provavelmente teria que lutar para me defender.

Rowdy me protege desde que nascemos.

Ele e eu fomos empurrados para este mundo no dia 5 de novembro de 1992, no Hospital do Sagrado Coração em Spokane. Sou duas horas mais velho do que Rowdy. Eu nasci todo desengonçado e ele nasceu doido.

Quando bebê ele estava sempre chorando, gritando, chutando e dando socos.

Rowdy mordeu o peito da mãe quando ela tentava dar de mamar a ele. Continuou mordendo até ela desistir e passar para a mamadeira.

Pra dizer a verdade, ele não mudou muito desde aquela época.

Bem, agora, com 14 anos de idade, ele não sai por aí mordendo os peitos das mulheres, mas não deixou de socar, chutar e cuspir.

Sua primeira luta pra valer foi no jardim de infância. Ele encarou três meninos da primeira série durante uma guerra de bolas de neve porque um deles atirou um pedaço de gelo. Rowdy acabou com a alegria dos três rapidinho.

E, para completar, deu um soco na professora que veio apartar a luta.

Ele não machucou a professora, mas ela ficou uma fera, cara.

— Qual é o seu problema, menino? — gritou ela.

— Todos! —Rowdy gritou de volta.

Rowdy brigava com todo mundo.

Lutava com meninos e meninas.

Homens e mulheres.

Lutava com cachorros de rua.

Lutava contra o vento se não tivesse coisa melhor.

Até na chuva ele dava socos.

Sério.

— Vamos lá, seu medroso — disse Rowdy. — Vamos pro powwow. Você não pode se esconder em casa a vida inteira. Vai acabar se transformando num duende ou coisa parecida.

— E se alguém invocar comigo?

— Aí eu me invoco com ele.

— E se alguém enfiar o dedo no meu nariz? — perguntei.

— Ai eu enfio o dedo no seu nariz também — disse Rowdy.

— Você é meu herói, Rowdy.

— Então vamos para o powwow — pediu ele. — Por favor.

A gente não sabe o que fazer quando Rowdy fala com educação.

— Está bem, está bem — disse eu.

E assim Rowdy e eu andamos cinco quilômetros até o lugar onde estava acontecendo o powwow. Estava escuro. Devia ser umas oito horas. Os tambores e a cantoria estavam maravilhosos.

Fiquei animado, mas fui ficando hipotérmico também.

No powwow dos spokanes faz um calor de rachar durante o dia e um frio de congelar à noite.

— Eu deveria ter vestido um casaco — disse.

— Seja homem, cara — disse Rowdy.

— Vamos ver o pessoal da dança da galinha — disse eu.

Acho a turma da dança da galinha muito legal, porque... bem... porque todos dançam como galinhas mesmo. E você já sabe como adoro galinha.

— Esse troço é chato — disse Rowdy.

— Vamos ver só um pouquinho — disse eu. — Depois a gente vai jogar ou fazer outra coisa qualquer.

— Está bem — disse Rowdy. Ele é a única pessoa que me atende.

Cortamos caminho pelo meio de carros estacionados, vans, utilitários, tendas de plástico e de pele de veado.

— Ei, vamos comprar um uísque contrabandeado — disse Rowdy. — Eu tenho cinco dólares.

— Não fique bêbado — disse eu. — Você vai ficar horrível.

— Eu já sou horrível — disse Rowdy.

Ele deu uma risada, tropeçou em um pau de barraca e foi parar dentro de uma minivan, batendo com a cara no vidro e um ombro no espelho retrovisor.

Foi muito engraçado, por isso eu ri.

Mas não devia ter rido.

Rowdy ficou zangado.

Ele me empurrou para o chão e quase me chutou. Chegou com o pé bem perto, mas no último segundo parou. Sei que ele quis me bater porque eu ri. Mas eu sou amigo dele. O melhor e único amigo dele. Ele não poderia me machucar. Por isso, agarrou um saco de lixo cheio de garrafas de cerveja vazias e jogou com toda a força na minivan.

Voou vidro pra todo lado.

Depois Rowdy agarrou uma pá que alguém tinha usado para cavar um buraco de churrasqueira no chão e partiu pra cima daquela van. Acabou com ela.

Bam! Bum! Crash!

Afundou as portas, arrebentou os vidros e zuniu longe os retrovisores.

Fiquei com medo do Rowdy e com medo de ser jogado no xadrez por vandalismo, por isso saí correndo dali.

Foi outro erro que cometi.

Na fuga, fui parar exatamente onde estavam acampados os irmãos Andruss. Esses sujeitos — John, Jim e Joe — são os trigêmeos mais cruéis da face da terra.

— Ei, olhe quem está aí! — disse um deles. — É o cabeça hidráulica.

Pois é, aqueles pestes estavam zombando do problema que tenho na cabeça. Gentis, não?

— Nada disso! — disse um dos irmãos. — Este cara é o cabeça de hidrogênio.

Não sei qual deles disse isso. Não dá para saber qual é qual. Decidi então sair correndo novamente, mas um deles me agarrou e me empurrou para cima de outro. Os três ficaram assim, me empurrando um para outro, jogando comigo.

— Hidro o quê?

— Hidramático.

— Hidrocarboneto.

— Hidroelétrico.

— Hidriota.

Caí no chão. Um deles me pegou, me levantou, me limpou e depois me deu uma joelhada no saco.

Caí de novo, segurando meu saco dolorido, me esforçando para não gritar.

Os irmãos Andruss deram uma gargalhada e foram embora.

Ah, já ia me esquecendo de dizer que os trigêmeos Andruss têm 30 anos de idade.

Que espécie de homem surra um menino de 14 anos?

Só mesmo uns idiotas profissionais.

Eu estava caído no chão, ainda com as mãos protegendo minhas bolas como um esquilo protege suas nozes, quando Rowdy chegou.

— Quem fez isso com você? — ele quis saber.

— Os irmãos Andruss — respondi.

— Eles bateram na sua cabeça? — perguntou. Rowdy sabe que meu cérebro é frágil. Se os irmãos Andruss tivessem feito um buraco no aquário que é minha cabeça, talvez eu tivesse inundado todo o powwow.

— Minha cabeça vai bem — disse eu. — Mas meu saco está arrebentado.

— Vou matar aqueles desgraçados — disse Rowdy.

É claro que Rowdy não matou os desgraçados, mas nós nos escondemos perto do acampamento dos irmãos

Andruss até três horas da manhã. Eles chegaram bêbados como gambás, caíram na tenda e apagaram. Então Rowdy entrou, raspou as sobrancelhas deles e cortou fora suas tranças.

Isso é o que se pode fazer de pior a um índio. Eles haviam levado anos para deixar crescer aquelas tranças. E Rowdy cortou todas em cinco segundos.

Amei Rowdy por ter feito aquilo. Não é certo amar alguém por ter feito uma maldade, mas o fato é que me senti muito bem com a vingança.

Os irmãos Andruss nunca descobriram quem raspou as sobrancelhas e cortou as tranças deles. Rowdy espalhou uma história de que tinha sido um bando de índios makah vindos da costa que fez aquilo.

— Não se pode confiar naqueles caçadores de baleias — dizia Rowdy. — Eles são capazes de qualquer coisa.

Mas antes que vocês pensem que Rowdy só é bom em se vingar e bater em minivans, pingos de chuva e pessoas a paulada, quero dizer uma coisa que mostra o lado suave dele: ele adora histórias em quadrinhos.

Mas não as desses super-heróis como o Demolidor ou X-Men. Nada disso. Ele curte mesmo é revistinha do *Gasparzinho*, o fantasminha camarada, do *Riquinho* e coisa assim de criança. Ele esconde as revistinhas em um buraco na parede do quarto dele, dentro de um armário.

Quase todos os dias vou à casa dele, e nós lemos juntos as revistinhas.

Rowdy lê devagar mas é um leitor persistente. E ele ri sem parar das mesmas piadas bobas, não importa o número de vezes que já tenha lido a mesma revistinha.

> O que você tá desenhando?
>
> ROWDY e o último número de "Gasparzinho"
>
> Ele detesta quando eu o desenho! Nunca deixa que eu termine.

Eu gosto de ouvir as risada de Rowdy. Não ouço com muita frequência, mas quando ele ri é sempre uma espécie de avalanche de ha ha ha e ho ho ho e hi hi hi.

Gosto de fazer o Rowdy rir. Ele adora meus cartuns.

E ele é um bobalhão sonhador como eu. Também gosta de imaginar que vive dentro das revistinhas em quadrinhos. Acho que a vida que ele imagina dentro das histórias é bem melhor do que a vida dele de verdade.

Por isso desenho cartuns. Quero ver Rowdy feliz. Quero dar a ele outros mundos onde viver.

Desenho os sonhos dele.

Ele só fala dos seus sonhos para mim. E eu só falo dos meus sonhos para ele.

Falo a ele dos meus medos também.

Talvez Rowdy seja a pessoa mais importante da minha vida. Mais importante mesmo que minha família. Será possível que o melhor amigo de uma pessoa seja mais importante do que a família dele?

Eu acho que é.

Afinal de contas, passo mais tempo da minha vida com Rowdy do que com qualquer outra pessoa.

Vamos fazer as contas.

Calculo que eu tenha passado uma média de oito horas por dia com Rowdy nos últimos catorze anos.

Oito vezes 365 vezes 14.

Isto significa que Rowdy e eu passamos 40.880 horas na companhia um do outro.

Nenhuma outra pessoa chega perto disso.

Acreditem.

Rowdy e eu somos inseparáveis.

Geometria não é o nome de um país que fica em algum lugar perto da França

❋

Eu tinha 14 anos e aquele era meu primeiro dia de aula. Estava feliz por isso. E o que mais me animava era minha primeira aula de geometria.

Pois é, devo confessar que triângulos isósceles me *excitam*.

A maioria dos caras, qualquer que seja a idade deles, excitam-se com curvas e círculos, mas eu não. Que fique claro: gosto de garotas e de suas curvas. E gosto muito de mulheres e de suas curvas ainda mais curvas.

Passo horas no banheiro com uma revista que tem mil fotos de artistas peladas.

Mulher pelada + mão direita = felicidade [2]

Pois é. Admito que me masturbo. É isso aí.

E me orgulho disso.

E sou bom nisso.

Com ambas as mãos.

Se criassem uma Liga de Masturbadores Profissionais, eu seria o primeiro convocado e ficaria milionário.

Talvez vocês estejam pensando "Bem, você não deveria estar falando sobre masturbação assim em público".

Mas eu falo mesmo porque TODO MUNDO se masturba. E TODO MUNDO gosta de se masturbar.

E se Deus não quisesse que nos masturbássemos, não teria nos dado polegares.

Por isso, agradeço a Deus pelos meus polegares.

Mas o fato é que, por mais tempo que meu polegar e eu passemos com as curvas de mulheres imaginárias, eu me apaixono muito mais pelos ângulos retos dos prédios.

Quando eu era bebê, engatinhava para baixo da cama e me aconchegava em um canto de parede para dormir. Ali, entre duas paredes, eu me sentia seguro e confortável.

Quando eu tinha 8, 9 e 10 anos, dormia no armário do meu quarto com a porta fechada. Só parei de fazer isso porque minha irmã mais velha, Mary, disse que eu queria mesmo era voltar para a barriga da minha mãe.

Esse comentário dela estragou o lance do armário.

Não me interpretem mal. Não tenho nada contra a barriga da minha mãe. Afinal de contas, foi lá que me formei. Declaro, então, que sou a favor das barrigas. Mas meu interesse em voltar para lá é zero.

Minha irmã tem talento para estragar prazeres.

Depois que terminou o colégio, minha irmã não fez mais nada. Congelou-se. Não entrou numa faculdade, não arranjou emprego. Não fez nada. Acho isso meio deprimente.

Mas ela é bonita, forte e engraçada. Ela é a pessoa mais bonita, mais forte e mais engraçada que já passou vinte e três horas de um dia em um porão sozinha.

Ela é tão doida e imprevisível que nós a chamamos de Mary Fujona. Eu não sou como ela, em absoluto. Sou previsível. Sou empolgado com a vida.

Estou agora empolgado com a escola.

Rowdy e eu planejamos entrar para o time de basquete da escola.

No ano passado, Rowdy e eu fomos os melhores jogadores do time do oitavo ano. Mas não creio que eu consiga ser um jogador muito bom no ensino médio.

MARY, A FUJONA

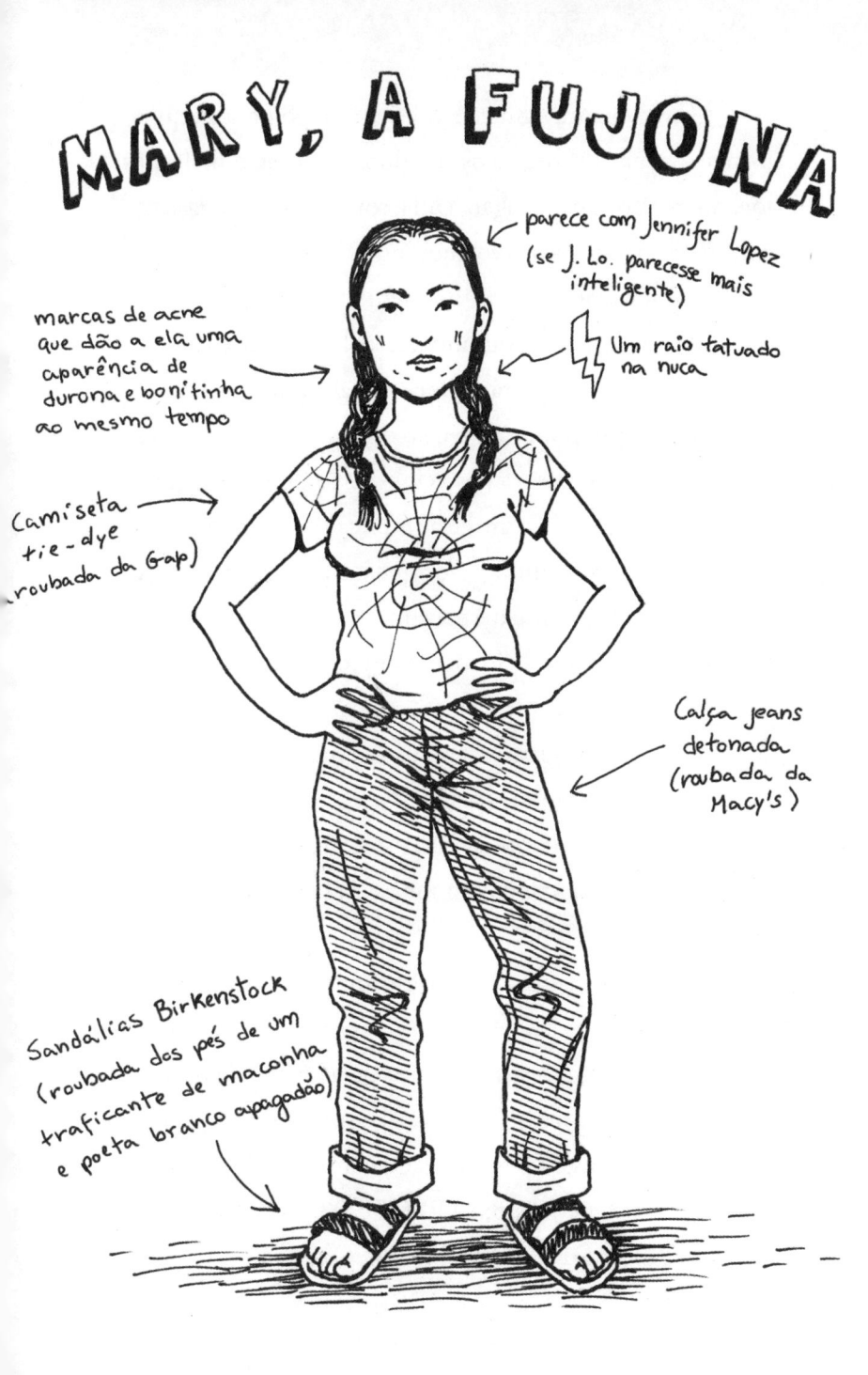

parece com Jennifer Lopez (se J. Lo. parecesse mais inteligente)

Um raio tatuado na nuca

marcas de acne que dão a ela uma aparência de durona e bonitinha ao mesmo tempo

Camiseta tie-dye roubada da Gap)

Calça jeans detonada (roubada da Macy's)

Sandálias Birkenstock (roubada dos pés de um traficante de maconha e poeta branco apagadão)

Rowdy provavelmente vai entrar logo para a equipe principal, mas acho que os meninos maiores e melhores jogadores vão me esmagar. Uma coisa é pular para cesta com os carinhas do oitavo ano; outra bem diferente é enfrentar os monstros do ensino médio.

Provavelmente vou aquecer o banco da equipe C enquanto Rowdy seguirá o glorioso caminho da fama.

Tenho um pouco de receio de que Rowdy passe a se enturmar com os caras mais velhos e me deixe para trás.

Receio que ele comece a implicar comigo também.

Na verdade, tenho pavor que ele passe a me desprezar como os outros me desprezam.

Mas minha felicidade agora é maior do que o medo.

E sei que os outros meninos vão me encher a paciência por isso, mas não me importo.

Eu estava sentado em uma sala do nono ano quando o professor P. entrou com uma caixa cheia de livros de geometria.

O sujeito é uma figura estranhíssima, se querem saber.

Mas por mais estranha que seja a aparência do professor P., a coisa mais estranha a respeito dele é que às vezes ele se esquece de ir para a escola.

Preciso repetir isto: O PROFESSOR P. ÀS VEZES SE ESQUECE DE IR PARA A ESCOLA!

PROFESSOR P.

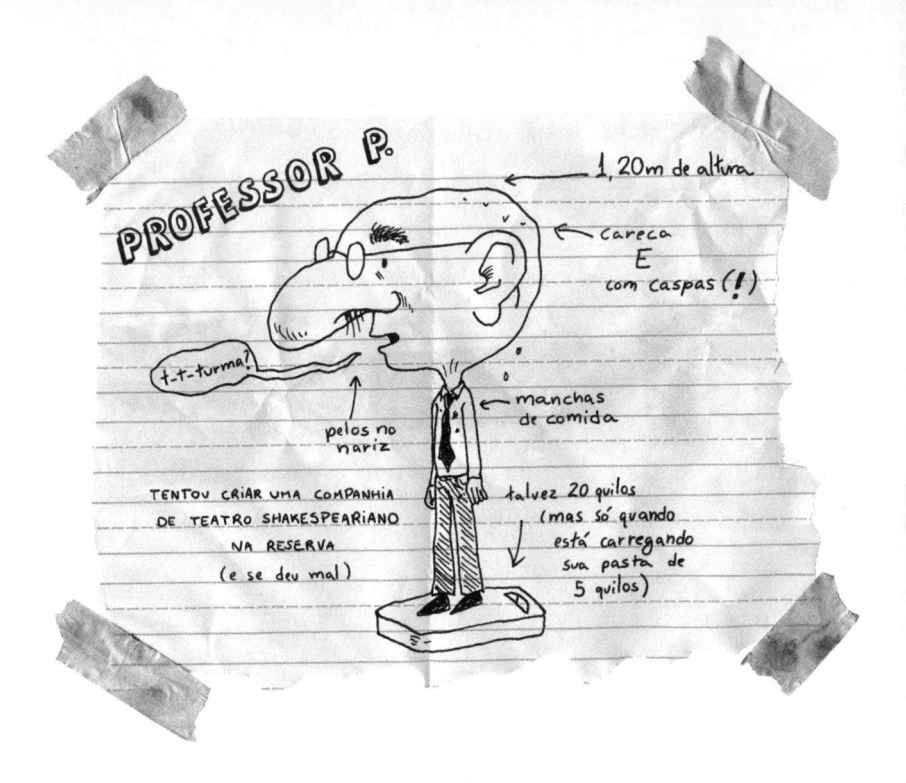

- 1,20m de altura
- Careca E com caspas (!)
- t-t-turma?
- pelos no nariz
- manchas de comida
- TENTOU CRIAR UMA COMPANHIA DE TEATRO SHAKESPEARIANO NA RESERVA (e se deu mal)
- talvez 20 quilos (mas só quando está carregando sua pasta de 5 quilos)

É isso mesmo. Um menino precisa ir ao alojamento dos professores, que fica atrás da escola, para acordar o professor P. que está sempre cochilando diante do aparelho de TV.

Pois é. Às vezes ele vai dar aula *de pijama*.

Ele é mesmo muito estranho, mas o pessoal gosta dele porque ele não é muito exigente. Mas também como é que um cara que aparece na sala de aula de pijama *e chinelos* pode exigir muito de nós?

Sei que é estranho isso, mas a tribo hospeda mesmo todos os professores em casinhas de um quarto só e em velhos trailers cheirando a mofo que ficam atrás da escola.

Para ensinar na nossa escola é preciso morar lá. Aquilo é uma espécie de penitenciária agrícola para nossos salvadores brancos, liberais, vegetarianos e alternativos e também para nossos salvadores brancos, conservadores, imbuídos de uma missão: os dois tipos de professores que temos.

Alguns dos nossos professores nos fazem comer alpiste para a gente se sentir integrado à natureza. Já outros odeiam pássaros porque alguns têm parte com o diabo. É como alternar aulas com o Médico e o Monstro.

Mas o professor P. não é democrata nem republicano, não é cristão nem adorador do demônio. É apenas um cara que tem muito sono.

Há, porém, quem esteja absolutamente convicto de que ele está ali escondido de alguma ameaça, como esses caras que servem de testemunha contra a Máfia e depois precisam ser escondidos pelo Serviço Secreto de Proteção a Testemunhas.

Até que essa hipótese faz sentido, apesar de muito estranha.

Se o governo quiser esconder alguém, provavelmente não haverá lugar mais isolado do que a minha reserva indígena, que fica exatamente a um milhão de quilômetros ao norte de Qualquer Lugar Importante e dois bilhões de quilômetros a oeste de Qualquer Lugar Bom.

Mas eu acho mesmo é que as pessoas assistem muito Família Soprano, para ser sincero.

No fundo, acho que o professor P. é um velho solitário que algum dia foi um jovem solitário. Por algum motivo que não entendo, brancos solitários gostam de estar por perto de índios ainda mais solitários.

— Tudo bem, meninos, vamos começar a função — disse o professor P. enquanto distribuía os livros de geometria. — Que tal fazermos algo estranho e começarmos pela página um?

Agarrei meu livro e fui logo abrindo.

Tive vontade de cheirá-lo.

Na verdade, tive vontade de beijá-lo.

Isto mesmo: beijá-lo.

Está bem, sou do tipo que beija livros.

Talvez seja alguma espécie de perversão, talvez seja apenas algo romântico e muito *inteligente*.

Mas meus lábios e eu paramos a tempo quando li na parte interna da capa:

ESTE LIVRO PERTENCE A AGNES ADAMS.

Pois é, vocês devem estar se perguntando quem é Agnes Adams.

Então eu digo: Agnes Adams é minha mãe. MINHA MÃE! E Adams é seu nome de *solteira*.

Isto significa que minha mãe era Adams quando nasceu e ainda era Adams quando escreveu o nome dela naquele livro. E quando eu nasci, ela tinha trinta anos. É isso mesmo. Eu estava olhando para um livro de geometria que tinha no mínimo trinta anos mais do que eu.

Foi duro acreditar.

O que vocês acham disso?

Minha escola e minha tribo são tão pobres que temos que estudar nos mesmos livros em que nossos pais estudaram. Esta é absolutamente a coisa mais deplorável do mundo.

Ainda assim, vocês podem crer, aquele livro de geometria velho e *decrépito* atingiu meu coração com a força de uma bomba nuclear. Minhas esperanças e meus sonhos voaram em uma nuvem de cogumelo. O que se pode fazer quando o mundo declara uma guerra nuclear contra você?

Esperança multiplicada por esperança

É claro que fui suspenso da escola depois que joguei o livro com toda força na cara do professor P., apesar de ter sido um acidente.

Está bem, não foi exatamente um acidente.

Afinal de contas, eu queria acertar alguma *coisa* quando atirei aquele livro velho com força. Mas eu não queria acertar uma *pessoa* necessariamente. E com certeza não tive a intenção de quebrar o nariz de um professor de matemática mafioso.

— Foi a primeira vez que você acertou no alvo — disse minha irmã.

— Ficamos tão decepcionados — disse minha mãe.

— Ficamos tão decepcionados *com você* — disse meu pai.

Minha avó só ficou sentada na cadeira de balanço, chorando sem parar.

Senti vergonha. Era a primeira vez em que eu me metia em uma confusão de verdade.

Minha suspensão já completava uma semana e eu estava sentado à entrada da casa, pensando na vida, contemplativo, quando vi o professor P. vindo em direção à nossa casa. Tinha um curativo grande na cara.

— Sinto muito pelo que aconteceu no seu rosto — disse eu.

— Sinto muito por terem lhe dado uma suspensão — disse ele. — Espero que saiba que não foi ideia minha.

Depois que eu quebrei o nariz dele, imaginei que ele fosse contratar um assassino de aluguel para acabar comigo. Bem, talvez eu esteja exagerando. O professor P. não ia querer que eu morresse, mas não creio que ele se importasse se eu fosse o único sobrevivente de uma avião que caísse no oceano Pacífico.

Pensei que, na melhor das hipóteses, fossem me mandar para a cadeia.

— Posso me sentar aí com você? — pediu o professor P..

— Claro — respondi. Eu estava nervoso. Por que motivo ele estava sendo tão gentil? Estaria planejando um ataque de surpresa? Talvez planejasse esborrachar meu nariz com um livro de cálculo.

Mas o velho ficou ali sentado, em um silêncio tranquilo, por longo tempo.

Eu não sabia o que fazer ou o que dizer, por isso fiquei ali sentado também, quieto como ele. O silêncio foi ficando tão grande e real, que parecia uma terceira pessoa sentada ali na entrada da casa.

— Você sabe por que jogou o livro em mim? — perguntou finalmente o professor P.

Era uma pergunta perigosa. Eu sabia que precisava responder corretamente, ou ele ficaria zangado.

— Eu joguei o livro no senhor porque sou um idiota.

— Você não é um idiota.

Resposta errada.

Preciso tentar novamente.

Tentei.

— Não tive intenção de atingir o senhor — disse. — Eu estava apontando para a parede.

— Você estava apontando mesmo para a parede?

Droga.

Agora aquilo tinha virado um *interrogatório*.

Eu estava começando a me *chatear*.

— Não — disse. — Na verdade não mirei em nada. Minha vontade foi a de zunir longe aquele livro. Na parede, no quadro negro, na mesa. Em qualquer coisa sem vida, sabe? Não em uma coisa viva.

— Uma coisa viva como eu?

— É. Ou uma planta.

O professor P. tinha três plantas em sua sala de aula. Ele conversava com aquelas coisas verdes mais do que conosco.

— Mas você sabe que bater em uma planta e bater em mim são coisas diferentes, não?

— Sei.

Ele sorriu misteriosamente. Adultos sabem fazer isso bem. Será que aprendem na universidade?

Eu estava ficando cada vez mais assustado. Aonde ele queria chegar?

— Quer saber, professor, eu não quero ser indelicado ou coisa assim. Mas o senhor está meio que me assustando. Isto é... por que, exatamente, o senhor está aqui?

— Bem, eu quero que você saiba que me atingir com aquele livro foi provavelmente a coisa mais grave que você já fez na vida. Não importa qual tenha sido sua intenção. O fato foi que você fez. E quebrou o nariz de um velho. Isso é quase imperdoável.

Pronto. Agora ele vai me castigar, pensei. Ele não seria capaz de me dar uma surra com suas mãos de velho, mas seria capaz de me magoar com suas palavras de velho.

— Mas eu o desculpo — disse ele. — Por menos que eu queira, devo desculpá-lo. É só isso que me impede de lhe dar uma surra com um pau. Quando comecei a lecionar aqui, era assim que fazíamos com os arruaceiros, você sabia? Dávamos surras de pau neles. Era isso que nos ensinavam a fazer quando vínhamos dar aulas a vocês. Nós devíamos matar o índio em vocês para salvar a criança.

— O senhor *matava* índios?

— Não, não, isto é só uma maneira de dizer. Não matávamos os índios de verdade. Mas devíamos fazer com que vocês desistissem de ser índios. Que abandonassem seus cânticos, suas histórias, sua língua e suas danças. Tudo. Não tentávamos matar a gente indígena. Tentávamos matar a cultura indígena.

Cara, naquele instante senti ódio do professor *Peido*. Desejei ter uma enciclopédia inteira para jogar na cara dele.

— Eu não tenho como pedir desculpas a todas as pessoas a quem fiz mal — disse o professor P. — Mas posso pedir desculpas a você.

Quase caí duro para trás. Então eu quebro o nariz *dele* e ele vem pedir desculpas a *mim*.

— Machuquei muitos meninos índios quando eu era um professor novo — disse ele. — Devo ter quebrado alguns ossos.

De repente me dei conta de que ele estava *se confessando* a mim.

— Eram outros tempos — disse o professor P. — Tempos ruins. Muito ruins. Era errado o que fazíamos. Mas eu era jovem e tolo, cheio de ideias na cabeça. Como você.

O professor P. sorriu. Ele *sorriu* para mim. Havia um pedacinho de alface preso entre os dentes da frente.

— Sabe, fui professor de sua irmã também.

— Eu sei.

— Ela foi a aluna mais inteligente que já tive. Mais inteligente até do que você.

Eu sabia que minha irmã era inteligente, mas nunca tinha ouvido isso da boca de um professor. E nunca tinha ouvido alguém dizer que ela era mais inteligente do que eu. Fiquei feliz e enciumado ao mesmo tempo.

Minha irmã, aquela ratazana que vivia enfurnada no porão, era mais inteligente do que eu?

— Bem — disse eu —, minha mãe e meu pai são bem inteligentes também. Acho que é coisa de família.

— Sua irmã queria ser escritora — disse o professor.

— Verdade?

Fiquei surpreso. Ela nunca me falou disso. Nem para Mamãe ou Papai, que eu saiba. Nem para ninguém.

— Eu nunca ouvi ela dizer isso — disse.

— Ela era tímida em relação a isso — disse o professor. — Sempre achava que as pessoas iam zombar dela.

— Por escrever livros? O pessoal daqui ia achar que ela era uma heroína. Talvez ela pudesse ter escrito para o cinema e outras coisas também. Teria sido muito legal.

— Bem, ela não era tímida em relação à ideia de escrever livros. Era tímida quanto ao tipo de livro que queria escrever.

— Que tipo de livro ela queria escrever? — quis saber.

— Você vai rir.

— Não vou rir.

— Vai, sim.

— Não vou.

Puxa, aquilo estava virando conversa de criancinha.

— Então me diga — pedi.

Era estranho que um professor estivesse me dizendo coisas que eu não sabia sobre minha irmã. Fiquei pensando no que mais eu não sabia sobre ela.

— Ela queria escrever romances de amor.

É claro que eu dei uma risadinha ao ouvir isso.

— Ei — disse o professor —, você não ia rir.

— Eu não ri.

— Sim, você riu.

— Não ri.

— Riu, sim.

— Talvez eu tenha soltado uma risadinha.

— Uma risadinha não é diferente de rir.

Aí eu dei uma risada pra valer. Uma gargalhada.

— Romances de amor! — disse eu. — Essas coisas são um bocado bobas, não são?

— Muita gente, principalmente mulheres, adoram esse tipo de leitura — disse ele. — Compram milhões desses livros. Muitos escritores ficam milionários escrevendo histórias românticas.

— E que tipo de romance ela queria escrever?

— Na verdade, nunca me disse, mas ela gostava muito de ler histórias de índios. Sabe a que tipo me refiro?

Sim, eu sabia. Aquelas histórias sempre tinham um caso de amor entre uma professorinha branca e virginal ou a esposa de um missionário e um mestiço de índio guerreiro. As capas desses livros eram hilárias:

Verão Selvagem — cabelos ao vento — enormes músculos de mestiço — decote, oh, meu deus!!!! — ou *Paixão Apache* ou *Desejos de um lummi* ou *Anseios de um yakama*.

— Quer saber? — disse. — Acho que nunca vi minha irmã lendo essas coisas.

— Ela guardava os livros bem escondidos — disse o professor.

Pronto. Aí está uma grande diferença entre mim e minha irmã. Eu escondo revistas cheias de fotos de mulher pelada; minha irmã esconde seus romances românticos que contam histórias de mulheres peladas (e de homens).

Eu quero imagens; minha irmã quer palavras.

— Não me lembro de já ter visto minha irmã escrevendo coisa alguma.

— Ah, ela adorava escrever contos. Historinhas românticas. Não deixava que ninguém os lesse. Mas estava sempre escrevendo em seu caderninho.

— Poxa! — disse eu.

Era tudo que eu tinha a dizer.

Quero dizer, minha irmã havia se tornado uma humanoide habitante de porão. Não havia nada de romântico nisso. Ou talvez houvesse. Talvez minha irmã lesse histórias românticas o dia inteiro. Talvez estivesse presa naqueles romances.

— Eu pensava mesmo que ela fosse se tornar uma escritora — disse o professor. — Ela escrevia o tempo todo. E ficava tomando coragem para mostrar o que escrevia a alguém. Mas, de uma hora para outra, parou de escrever.

— Por quê? — perguntei.

— Não sei.

— O senhor não tem nem uma ideia?

— Não. Não tenho mesmo.

Será que ela se agarrava a seu sonho de ser escritora mas não teve forças e ele escapou? Será que alguma coisa a teria feito desistir?

Deve ter sido isso, não? Alguma coisa ruim aconteceu com ela, não? Ela vivia naquele porão horrível. As pessoas não vivem e se escondem em porões quando são felizes.

Bem, quanto a isso minha irmã não é muito diferente do meu pai.

Quando meu pai não está longe de casa enchendo a cara de bebida, passa a maior parte do tempo fechado no quarto, sozinho, vendo TV.

É quase sempre um jogo de basquete que ele está vendo.

Papai não se importa se eu entrar lá e ficar assistindo às partidas com ele.

Mas nunca falamos muito. Ficamos só sentados lá, assistindo ao jogo em silêncio. Meu pai nem sequer torce por seu time ou por algum jogador. Ele não reage às partidas.

Acho que ele tem depressão.

Acho que minha irmã tem depressão.

Acho que minha família toda é deprimida.

Mas continuo a querer saber por que minha irmã desistiu do sonho de ser escritora de histórias românticas.

Bem, na verdade é um sonho muito bobo. Quem já viu uma índia escrever histórias de amor? Por outro lado, ia ser legal. Gosto da ideia de ler livros escritos pela minha irmã. Gosto da ideia de entrar em uma livraria e ver o nome dela bem grande na capa de um livro bonito.

Amor ardente no rio Spokane. Romance de Mary Fujona.

Ia ser muito legal.

— Ela ainda poderia escrever um livro — completei. — Nunca é tarde demais para se mudar de vida.

Eu quase me engasguei quando disse isso. Nem acreditei no que acabava de falar. Nunca há tempo suficiente para se mudar de vida. Ninguém consegue mudar de vida e ponto final. Merda. O que foi que deu em mim? Agora era eu que estava com ideias românticas.

— Mary era uma estrela cintilante a brilhar no céu. Depois foi se apagando lentamente, até quase não mais poder ser vista.

Uau, o professor era um poeta!

— E você é uma estrela cintilante também — disse ele. — É o menino mais brilhante da escola. E não quero que você se dê mal. Não quero que se apague. Você merece uma vida melhor.

Eu não me achava brilhante.

— Quero ouvir você dizer isso — disse o professor.

— Dizer o quê?

— Quero ouvir você dizer que merece uma vida melhor.

Eu não podia dizer aquilo. Não era verdade. Isto é, eu queria uma vida melhor, mas não merecia. Eu era um menino que atirava livros nos professores.

— Você é um bom menino. Merece o que há de melhor no mundo.

Puxa, me deu uma vontade danada de chorar. Nenhum professor jamais me dissera uma coisa daquelas, uma coisa tão boa.

— Obrigado — disse eu.

— Não há de quê — respondeu. — Agora diga.

— Não posso.

E aí eu chorei mesmo. As lágrimas escorreram pelo meu rosto. Eu me senti frágil.

— Desculpa — falei.

— Você não precisa se desculpar de coisa alguma — disse ele. — Quero dizer, é bom que você sinta muito por ter quebrado meu nariz, mas não precisa se desculpar por estar chorando.

— Não gosto de chorar — disse eu. — Os outros meninos batem em mim quando eu choro. Às vezes eles me fazem chorar só para baterem em mim por estar chorando.

— Eu sei — disse ele. — E nós deixamos que isso aconteça. Deixamos que eles impliquem com você.

— Rowdy me protege.

— Eu sei que Rowdy é seu melhor amigo, mas ele... mas ele... mas ele... — O professor estava gaguejando. Não estava seguro do que deveria dizer. — Você sabe que o pai de Rowdy bate muito nele, não sabe?

— Sei — disse eu. Toda vez que Rowdy chegava à escola com um olho roxo, fazia questão de deixar dois meninos escolhidos ao acaso de olho roxo.

— Rowdy vai se tornar cada vez pior — disse o professor.

— Eu sei que Rowdy tem um gênio difícil e coisa e tal, que não tira boas notas, mas ele sempre foi bom para mim, desde que éramos criancinhas. Desde que éramos bebês. Nem sei dizer por que ele é tão bom comigo.

— Eu sei, eu sei — disse o professor. — Mas preste atenção porque vou lhe dizer uma outra coisa. Você precisa prometer que nunca vai repetir o que vou dizer agora.

— Está bem — disse eu.

— Prometa.

— Está bem, prometo que não vou repetir.

— Para ninguém. Nem para seus pais.

— Ninguém.

— Então está bem. — Ele se aproximou de mim porque não queria que nem as árvores ouvissem o que ia me dizer. — Você precisa sair desta reserva.

— Eu vou à cidade de Spokane com meu pai mais tarde.

— Não, eu quero dizer que você precisa sair desta reserva *para sempre*.

— Como assim?

— Você estava certo quando jogou aquele livro em mim. Eu merecia mesmo um livro na cara por tudo que fiz aos índios. Todos os brancos desta reserva merecem que lhes quebrem a cara. Mas deixa que eu lhe diga outra coisa: todos os índios deveriam ter as caras quebradas também.

Eu estava chocado. O professor estava *furioso*.

— A única coisa que ensinam a vocês, meninos, é desistir. Seu amigo Rowdy, aquele já desistiu. É por isso que ele gosta de machucar as pessoas. Quer que elas se sintam tão mal quanto ele.

— A mim ele não machuca.

— A você ele não machuca porque você é a única coisa boa da vida dele. Ele não quer abrir mão disso. Sua amizade é a única coisa de que ele ainda não desistiu.

O professor me segurou pelos ombros e chegou tão perto de mim que pude até sentir o cheiro do seu hálito.

Cebola, alho, hambúrguer, vergonha e dor.

— Todos esses meninos já desistiram — disse ele. — Todos os seus amigos. Todos os valentões. E as mães e os pais deles também já desistiram. E os avós, e os avós dos avós também. E eu e todos os outros professores que estão aqui também. Fomos todos derrotados.

O professor estava chorando.

Não dava para acreditar.

Eu nunca tinha visto um adulto sóbrio chorando.

— Mas você, não — disse o professor. — Você não pode desistir. Você não vai desistir. Você atirou aquele livro na minha cara porque, lá no fundo, se recusa a desistir.

Eu não sabia mais do que ele estava falando. Ou talvez eu não quisesse saber.

Poxa, aquilo era pressão demais para se fazer sobre um menino. Eu já carregava o peso da minha raça. Minhas costas não iam aguentar.

— Se você ficar nesta reserva — disse o professor —, eles vão matar você. Nós todos vamos matar você. Não vai dar para você lutar contra nós a vida toda.

— Eu não quero lutar contra ninguém — disse eu.

— Você está lutando desde que nasceu — disse ele. — Você lutou na época da cirurgia no cérebro. Lutou em todas as crises. Lutou para se livrar dos bêbados e dos drogados. Você manteve viva sua esperança. E agora precisa pegar essa esperança e ir com ela para longe daqui, para onde haja outras pessoas com esperança.

Eu estava começando a compreender. Ele era um professor de matemática. Eu precisava somar minha esperança às esperanças de outros. Precisaria multiplicar esperança por esperança.

— E onde há esperança? — perguntei. — Quem tem esperança?

— Filho, você vai encontrar cada vez mais esperança à medida que se afastar desta reserva tão triste. Tão desolada.

Se for para ir ...

Depois que o professor P. se foi, continuei ali sentado à porta de casa por muito tempo, pensando na vida. O que fazer? Eu me sentia como se a vida tivesse acabado de me dar um chute na bunda.

Fiquei feliz quando Mamãe e Papai chegaram do trabalho.

— Olá, rapaz — disse Papai.

— Oi Pai, oi Mãe.

— Junior, por que esta cara tão triste? — perguntou Mamãe. Ela sempre saca as coisas.

Eu não sabia por onde começar, por isso comecei pela pergunta mais difícil.

— Quem tem mais esperança?

Mamãe e Papai se entreolharam. Ficaram examinando os olhos um do outro, sabe como é, como se tivessem antenas e estivessem enviando sinais de rádio entre si. Depois ambos olharam para mim.

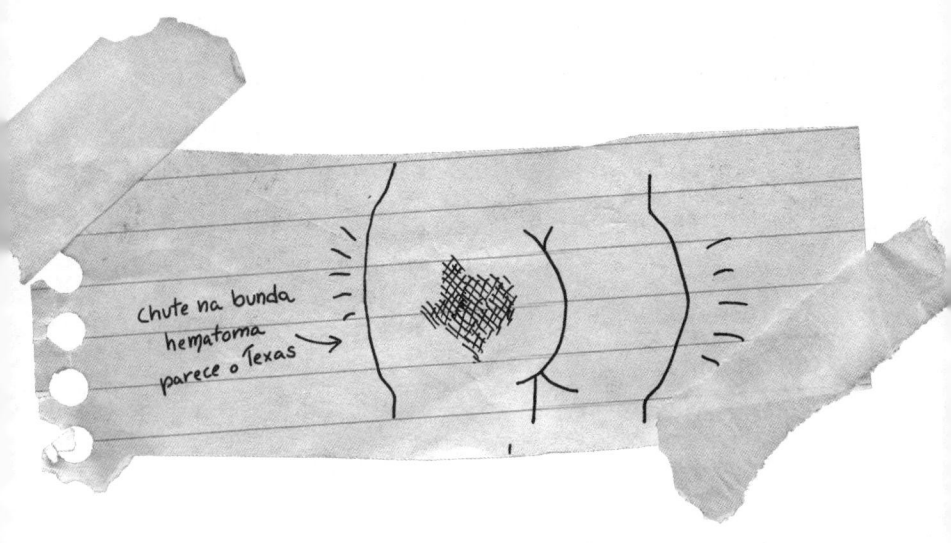

Chute na bunda
hematoma
parece o Texas

— Respondam — insisti. — Quem tem mais esperança?

— Os brancos — disseram meus pais ao mesmo tempo.

Era exatamente o que eu achava que eles iam dizer, por isso disse a coisa mais surpreendente que eles já ouviram de mim.

— Eu quero ser transferido de escola.

— Você quer ir para Hunters? — perguntou Mamãe.

Essa é uma outra escola na extremidade oeste da reserva, cheia de índios pobres e de crianças brancas mais pobres ainda. Sim, existe um lugar no mundo onde há brancos mais pobres do que índios.

— Não — disse eu.

— Você quer ir para Springdale? — perguntou Papai.

Essa é uma escola no limite da reserva, cheia dos índios mais pobres de todos e de crianças brancas mais pobres do que as pobres da outra. Sim, existe um lugar no mundo onde os brancos são mais pobres do que vocês acham que seja possível.

— Quero ir para Reardan — disse.

Reardan é a cidade de fazendeiros brancos e ricos, cercada por extensas plantações de trigo, que fica a exatamente trinta e cinco quilômetros da reserva. E é uma cidade de fazendeiros metidos a besta, de brancos racistas e agressivos, principalmente os da polícia, que param qualquer índio que dirija por lá.

Durante a semana que passamos em Reardan quando eu era pequeno, Papai foi parado três vezes por IAV: Índio Ao Volante.

Mas Reardan tem uma das melhores pequenas escolas do estado, com uma sala de computadores, um enorme laboratório de química, um clube de teatro e dois ginásios de basquete.

Os meninos de Reardan são os mais brilhantes e os mais atléticos de toda esta região. São os melhores.

— Eu quero ir para Reardan — repeti. Eu mesmo não acreditava que estava dizendo aquilo. Era como se eu estivesse dizendo "Eu quero voar para a lua".

— Você tem certeza? — perguntaram meus pais.

— Tenho.

— E quando você quer ir?

— Já — disse. — Amanhã.

— Você tem certeza? — perguntaram meus pais. — Poderíamos esperar até o fim do semestre. Ou talvez até o próximo ano. Você já começaria na escola nova.

— Não. Se eu não for agora, não irei nunca. Preciso fazer isso já.

— Tudo bem — disseram eles.

Pois é. A coisa com meus pais foi fácil assim. Parecia até que eles estavam esperando que eu pedisse para ir para Reardan. Foi como se eles tivessem percepção extrassensorial ou coisa parecida.

Pensando bem, eles sempre souberam que eu sou um menino esquisito e ambicioso, por isso talvez já esperassem de mim as coisas mais inesperadas e esquisitas. E ir para Reardan era uma coisa inesperada e esquisita. Mas não é esquisito que meus pais tenham concordado tão prontamente com meu plano. Eles desejavam uma vida melhor para mim e para minha irmã. Minha irmã está fugindo para se perder, mas eu estou fugindo para me encontrar. Para encontrar *algo*. E meus pais me amam tanto que querem me ajudar. Sim, é verdade que meu pai é um bêbado e que minha mãe é uma ex-bêbada, mas eles não querem que seus filhos se tornem bêbados.

— Vai ser complicado ir para Reardan — disse meu pai. — Não temos dinheiro para morar lá. E não há ônibus escolar para levar e trazer você.

— Você será o primeiro índio da nossa história a sair da reserva dessa maneira — disse mamãe. — O pessoal da tribo vai ficar zangado com você.

Zangado? Meus companheiros de tribo vão é me torturar por isso.

Rowdy canta um blues

Então, no dia seguinte ao da minha decisão de me transferir para Reardan, e depois que meus pais concordaram em me apoiar, caminhei até a escola tribal e encontrei Rowdy sentado no pátio, no lugar de sempre.

Ele estava sozinho, é claro. Todo mundo morre de medo dele.

— Pensei que você estivesse suspenso, miolo mole — disse ele. Esta foi sua maneira de dizer "Que bom te ver aqui".

— Miolo mole é a ... — disse eu.

Eu queria dizer a ele que ele era o meu melhor amigo e que eu sentia um amor enorme por ele, mas garotos não dizem essas coisas para outros garotos e ninguém dizia essas coisas para Rowdy.

— Quer ouvir um segredo? — perguntei.

— Desde que não seja papo de mulherzinha — disse ele.

— Não é.

— Tudo bem. Então conta.

— Eu vou me transferir para Reardan.

Rowdy apertou os olhos. Ele sempre apertava os olhos antes de dar uma surra em alguém. Comecei a tremer.

— Isso não tem graça nenhuma — disse ele.

— Mas não é mesmo para ser engraçado — disse eu. — Eu vou me transferir para Reardan e quero que você venha comigo.

— E quando você vai partir para essa viagem imaginária?

— Não é imaginária. É real. E eu vou me transferir agora mesmo. Amanhã já começo as aulas em Reardan.

— É melhor você parar de falar essa besteira. Já está me deixando de saco cheio.

Eu não queria que ele ficasse de saco cheio. Quando Rowdy se aborrece, leva dias para se desaborrecer. Mas ele era meu melhor amigo e eu queria que ele soubesse a verdade.

— Não estou querendo encher o seu saco — disse. — Estou dizendo a verdade. Vou embora desta reserva, cara, e quero que você venha comigo. Vai ser uma aventura.

— Eu não passo nem de carro por aquela cidade — disse ele. — Por que você acha que eu ia querer estudar lá?

Ele se levantou, olhou bem para minha cara e deu uma cusparada no chão.

No ano passado, quando estávamos no oitavo ano, fizemos uma excursão a Reardan para jogar futebol americano. Rowdy era nosso principal atacante e principal meio de campo e principal jogador da defesa. Eu fiquei encarregado da água. Perdemos para Reardan de 45 a zero.

É claro que perder não tem graça nenhuma.

Ninguém quer sair perdedor.

Ficamos todos muito aborrecidos e juramos ir à forra no jogo seguinte.

Mas duas semanas depois a equipe de Reardan veio jogar na reserva e nos deu uma surra de 56 a 10.

No campeonato de basquete, Reardan nos bateu de 72 a 45 e 86 a 50. Foram os dois únicos jogos que perdemos.

Rowdy fez 24 pontos no primeiro jogo e 40 no segundo. Eu fiz nove pontos em cada partida, fazendo 3 cestas de 3 pontos em cada uma delas. Foram meus dois piores jogos do campeonato.

Na temporada de beisebol, Rowdy marcou 3 *home runs* no primeiro jogo contra Reardan e dois no segundo, mas mesmo assim perdemos de 17 a 3 e de 12 a 2. Joguei em ambas as partidas. Não tive um bom desempenho e ainda levei uma bolada na cabeça.

Foi deprimente aquilo. A bolada foi meu único destaque naquelas partidas.

Depois da temporada de beisebol, chefiei a equipe acadêmica da nossa escola em uma disputa contra a equipe de Reardan e perdemos pelo incrível placar de 50 a 1.

Foi isso mesmo. Conseguimos acertar uma resposta apenas.

Eu era o único aluno, branco ou índio, que sabia que Charles Dickens escreveu *Um conto de duas cidades*. Nós, índios, demos um vexame e os meninos da Reardan foram uma glória.

Aqueles caras foram *magníficos*.

Eles sabiam *tudo*.

Eles eram *bonitos*.

Eram bonitos e inteligentes.

Eram bonitos, inteligentes e heroicos.

Eram cheios de esperança.

Não sei se a esperança é branca. Mas o que eu sei é que, para mim, ela é uma criatura mítica:

branca, branca, branca, branca, branca, branca, branca, branca.

Cara, eu morria de medo daqueles caras de Reardan. Talvez eu morresse de medo da esperança também, mas o que Rowdy tinha por eles era ódio.

— Rowdy — disse —, amanhã eu vou para Reardan.

Pela primeira vez ele se deu conta de que eu estava falando sério, mas se recusava a acreditar.

— Você nunca vai fazer isso — disse ele. — É medroso demais.

— Eu vou — insisti.

— Duvido, você é um medroso.

— Eu vou sim.

— Você é um covarde.

— Eu vou para Reardan amanhã.

— Isso não é sério.

— Rowdy — disse —, isso é sério como um tumor.

Ele tossiu e me deu as costas. Toquei o ombro dele. Por que toquei o ombro dele? Não sei. Burrice minha. Rowdy deu meia volta e me empurrou.

— Não encoste em mim, sua bicha retardada! — gritou ele.

Meu coração se partiu em catorze pedaços, um para cada ano em que fomos melhores amigos um do outro.

Comecei a chorar.

Da minha parte, isso não era de surpreender, mas Rowdy começou a chorar também e sentiu raiva por isso. Ele enxugou os olhos e ficou olhando, atônito, para as mãos molhadas de lágrimas. Depois deu um grito tão alto que tenho certeza de que foi ouvido em toda a reserva. Foi a coisa mais horrível que já ouvi.

Era dor, pura dor.

— Rowdy, eu sinto muito. Sinto muito — disse.

Ele continuava a gritar.

— Você pode vir comigo. Você ainda é o meu melhor amigo.

Rowdy parou de gritar pela boca, mas continuou a gritar com os olhos.

— Você sempre se achou melhor do que eu — gritou ele.

— Não, não. Eu não me acho melhor do que ninguém. Eu me acho pior do que todo mundo.

— Por que você vai embora?

— Preciso ir. Eu vou morrer se não sair daqui.

Toquei o ombro dele novamente, e Rowdy se encolheu.

Sim, *toquei nele novamente*.

Que tipo de idiota era eu?

Eu era do tipo de idiota que leva um soco no meio da cara dado por seu melhor amigo.

Pow! Rowdy me acertou um soco.

Plaft! Caí.

Puff! Meu nariz jorrou sangue como fogos de artifício.

Fiquei caído no chão por um longo tempo depois que Rowdy se afastou dali. Como um idiota, fiquei imóvel, para que o tempo ficasse imóvel também. Mas eu não podia ficar ali a vida toda e acabei me levantando. Meu melhor amigo havia se tornado meu pior inimigo.

Como enfrentar monstros

Na manhã seguinte, Papai me levou de carro até Reardan, a trinta e cinco quilômetros da reserva.

— Estou com medo — disse eu.

— E eu também — disse Papai.

Ele me abraçou com força. Seu hálito cheirava a enxaguante bucal e a vodca com limão.

— Você não precisa fazer isso — disse ele. — Se quiser, volta para a escola da reserva.

— Não — disse eu. — Preciso fazer isso.

Vocês podem imaginar o que teria acontecido comigo se eu tivesse dado meia volta e retornado à escola da reserva?

Eu teria sido triturado. Mutilado. Crucificado.

Um pessoa não pode renegar sua tribo e mudar de ideia dez minutos depois. Eu estava em uma ponte de mão única. Não teria como fazer um retorno, ainda que quisesse.

— Lembre-se sempre disso — disse meu pai. — Aquela gente branca não é melhor do que você.

Mas ele estava errado. E sabia que estava errado. Ele era o pai índio perdedor de um filho índio perdedor em um mundo feito para os vencedores.

Mas ele me amava muito e me abraçou ainda mais apertado.

— O que você está fazendo é uma coisa muito importante — disse ele. — Você é muito corajoso. É um guerreiro.

Ele não poderia ter me dito coisa melhor naquela hora.

— Olha, aqui está um trocado para o lanche — disse ele dando-me um dólar.

Nós éramos pobres o suficiente para que eu recebesse lanche de graça, mas eu não queria ser, além do único índio, um pobre coitado que precisava de caridade.

— Obrigado, pai.

— Eu te amo, meu filho.

— Eu te amo também, Pai.

Eu me sentia mais forte, por isso desci do carro e me encaminhei para a porta da frente. Estava trancada.

Então fiquei ali sozinho na calçada, vendo meu pai se afastar com o carro. Torci para que ele fosse direto para casa, sem passar em algum bar e gastar o dinheiro que ainda tivesse.

Torci para que ele não se esquecesse de voltar para me buscar depois das aulas.

Fiquei sozinho na porta da escola por alguns longos minutos.

Ainda era cedo e eu tinha um olho roxo do soco de despedida de Rowdy. Na verdade, eu tinha um olho roxo, azul, amarelo e preto. Parecia arte moderna.

E aí os meninos brancos começaram a chegar à escola. Fizeram um cerco à minha volta. Aqueles meninos não eram apenas brancos. Eram translúcidos. Dava para ver as veias azuis correndo como rios por baixo da pele deles.

A maioria dos meninos era do meu tamanho ou menor, mas dentre eles havia uns dez ou doze brutamontes. Gigantes brancos. Tinham a aparência de homens, não de meninos. Deveriam ser alunos do último ano. Alguns pareciam precisar fazer a barba duas ou três vezes ao dia.

Ficaram me encarando. Não desgrudavam os olhos do menino índio de olho roxo e nariz inchado, presentes de despedida de Rowdy. Aqueles meninos brancos não conseguiam acreditar no que seus olhos estavam vendo. Olhavam-me fixamente como se eu fosse um ser extraterrestre saído de um ovni. O que estava eu fazendo em Reardan, cidade cujo mascote era um índio? Eu era o único outro índio da cidade.

vermelho vivo

ÍNDIO MASCOTE DE REARDAN

O que eu estava fazendo ali, naquela cidade racista, onde mais da metade dos alunos que terminavam a escola iam para a universidade? Ninguém da minha família jamais chegou perto de uma universidade.

Reardan era o oposto da reserva. Era o oposto da minha família. Era o oposto de mim. Eu não merecia estar ali. E sabia disso; todos os meninos sabiam disso. Índios não merecem nada mesmo.

Então, apreensivo, fiquei parado, esperando. Não demorou, um zelador abriu a porta da frente e todos os outros meninos entraram.

Fiquei do lado de fora.

Talvez eu pudesse desistir da escola de uma vez por todas. Poderia ir viver no mato, como um ermitão.

Como um índio de verdade.

BRANCO
ÍNDIO
UM FUTURO BRILHANTE
UM PASSADO APAGADO
Camisa Ralph Lauren
camiseta de supermercado
Mochila ergonômica (com celular)
HISTÓRICO FAMILIAR DE CÂNCER E DIABETES
BONS EXEMPLOS DE VIDA
Jeans da Sears (2 por $19,99!)
Relógio Timex
Sem relógio (são "sete e pulso")
Calça Tommy Hilfiger
Sacola de livros marca "lixo reciclável"
DURA REALIDADE (dura de quebrar os ossos)
ESPERANÇA
Tênis de lona (comprado no corredor 7 do supermercado Safeway)
o novo Air Jordan

É claro que, com essa minha alergia a quase todo tipo de planta, eu seria um índio de verdade com o nariz cheio de catarro.

— Está bem — disse a mim mesmo. — Lá vou eu.

Entrei na escola, fui direto para a secretaria e disse a eles quem eu era.

— Ah, você é o menino da reserva — disse a secretária.

— Sou — disse eu.

Não deu para perceber se ela achava que o fato de eu ser da reserva era bom ou ruim.

— Meu nome é Melinda — disse ela. — Bem-vindo à Escola Reardan. Aqui estão o seu horário, um exemplar do regulamento da escola e seu cartão de identidade temporário. Sua sala de referência será a do professor Grant. É melhor você se apressar. Já está atrasado.

— E como é que eu chego lá?

— Temos apenas um corredor aqui — ela disse, e sorriu. Tinha cabelos ruivos e olhos verdes e era até meio sexy para uma coroa. — Fica no final, à esquerda.

Enfiei a papelada de qualquer jeito na minha mochila e corri para a sala.

Parei por um segundo diante da porta, respirei fundo e entrei.

Todo mundo, todos os alunos e o professor, pararam para me olhar.

Ficaram com os olhos grudados em mim.

Como se eu fosse um fenômeno meteorológico.

— Entre e sente-se — disse o professor. Ele era um sujeito musculoso. Certamente treinava a equipe de futebol.

Passei por entre duas fileiras de carteiras e fui me sentar no fundo da sala, tentando ignorar todos os olhos grudados em mim. Aí uma menina loura sorriu para mim.

Penelope!

É isso mesmo. Ainda restam lugares no mundo onde há meninas chamadas Penelope!

Tive uma ereção emocional.

— Como é seu nome? — perguntou Penelope.

— Junior — respondi.

Ela riu e disse à menina sentada ao lado dela que meu nome era Junior. As duas riram. Uns foram contando para os outros e logo todos riam na sala.

Riam do meu nome.

Eu não tinha ideia de que Junior fosse um nome esquisito. É um nome comum na minha reserva. Em qualquer reserva. Se você entrar em um armazém de qualquer reserva indígena nos Estados Unidos e gritar: "Ei, Junior!", dezessete caras vão se virar para você.

E três mulheres.

Mas não havia outra pessoa chamada Junior em Reardan, por isso eles riam de mim e do meu nome idiota.

E aí ficou ainda pior para mim quando o professor fez a chamada e disse meu nome mesmo.

— Arnold Spirit — disse ele.

Não, ele não disse. Ele gritou meu nome.

O cara era tão grande e musculoso que a voz dele devia ser daquele jeito mesmo.

— Presente — disse eu, o mais baixo possível. Minha voz saiu como um sussurro.

— Fale mais alto — disse o professor.

— Presente — repeti.

— Eu sou o professor Grant — disse ele.

— Presente, professor Grant.

Ele continuou a chamada. Penelope se voltou para mim novamente, mas dessa vez não sorriu. Estava zangada agora.

— Pensei que você tivesse dito que seu nome era Junior — disse Penelope.

Ela me *acusava* por ter dito a ela meu nome *verdadeiro*.

Bem, eu não tinha dado meu nome todo, que é Arnold Spirit Jr. Mas ninguém me chama assim. Todos me chamam de Junior. Bem, todos os *índios* me chamam de Junior.

— Meu nome é Junior — disse eu. — Sou Arnold e sou Junior. Sou os dois.

Nesse instante senti como se eu fosse duas pessoas distintas em um só corpo.

Não, senti como se um mágico tivesse me dividido em dois, deixando Junior ao norte do rio Spokane e Arnold ao sul.

— De onde você é? — perguntou ela.

Ela era linda, com aqueles olhos muito azuis.

De repente me dei conta de que ela era a menina mais linda que eu já tinha visto ao vivo. Era linda como uma artista de cinema.

— Ei — disse ela —, eu perguntei de onde você é.

Puxa, ela era durona também.

— Wellpinit — disse eu. — Da reserva indígena.

— Ah... — disse ela. — Então é por isso que você fala desse jeito engraçado.

Pois é. Eu gaguejo e tenho língua presa, mas também tenho esse jeito de falar meio cantado dos índios, que faz com que tudo que eu fale soe como um poema ruim.

Cara, aquele comentário me nocauteou.

Não falei uma só palavra por seis dias.

E no sétimo dia me meti na briga mais esquisita da minha vida. Mas antes que eu conte a vocês a briga mais esquisita da minha vida, preciso esclarecer outra coisa:

AS REGRAS NÃO OFICIAIS E NÃO ESCRITAS
(é melhor que você as siga se não quiser apanhar em dobro)
DOS ÍNDIOS SPOKANES RELATIVAS A BRIGAS:

1. SE ALGUÉM TE INSULTAR, VOCÊ TEM QUE PARTIR PRA LUTA.
2. SE VOCÊ ACHAR QUE ALGUÉM VAI TE INSULTAR, VOCÊ TEM QUE PARTIR PRA LUTA.
3. SE VOCÊ ACHAR QUE ALGUÉM ESTÁ PENSANDO EM TE INSULTAR, VOCÊ TEM QUE PARTIR PRA LUTA.
4. SE ALGUÉM INSULTAR ALGUM MEMBRO DA SUA FAMÍLIA OU UM AMIGO SEU, OU ESTIVER A PONTO DE INSULTAR ALGUM MEMBRO DA SUA FAMÍLIA OU UM AMIGO SEU, OU SE VOCÊ ACHAR QUE ELE ESTÁ PENSANDO EM INSULTAR ALGUM MEMBRO DE SUA FAMÍLIA OU UM AMIGO SEU, VOCÊ TEM QUE PARTIR PRA LUTA.

5. NUNCA SE DEVE LUTAR COM UMA MENINA, A NÃO SER QUE ELA INSULTE VOCÊ, SUA FAMÍLIA OU SEUS AMIGOS. NESTE CASO VOCÊ TEM QUE PARTIR PRA LUTA COM ELA.
6. SE ALGUÉM DER UMA SURRA EM SEU PAI OU EM SUA MÃE, VOCÊ TEM QUE PARTIR PRA LUTA COM O FILHO E/OU A FILHA DESSA PESSOA QUE BATEU EM SEU PAI OU EM SUA MÃE.
7. SE SUA MÃE OU SEU PAI BATEREM EM ALGUÉM, O FILHO E/OU A FILHA DESSA PESSOA LUTARÃO COM VOCÊ.
8. DEVE-SE SEMPRE PROCURAR BRIGAS COM FILHOS E/OU FILHAS DE QUALQUER ÍNDIO QUE TRABALHAR PARA O SERVIÇO NACIONAL DO ÍNDIO.
9. DEVE-SE SEMPRE PROCURAR BRIGA COM OS FILHOS E/OU FILHAS DE QUALQUER BRANCO QUE MORAR EM QUALQUER LUGAR DA RESERVA.
10. SE VOCÊ SE ENVOLVER EM QUALQUER BRIGA COM ALGUÉM QUE CERTAMENTE LHE DARÁ UMA SURRA, VOCÊ PRECISA DAR O PRIMEIRO SOCO, PORQUE SERÁ O ÚNICO QUE VOCÊ DARÁ NO SUJEITO.
11. EM QUALQUER LUTA, O PERDEDOR É O PRIMEIRO A CHORAR.

Eu conhecia essas regras. Já havia decorado essas regras. Eu vivia de acordo com essas regras. Parti pra minha primeira luta aos três anos de idade, e já estive em dezenas delas.

Meu placar pessoal é de cinco vitórias e cento e doze derrotas.

Sim, eu era um lutador terrível.

Eu era um saco de pancadas humano.

Eu perdia lutas para meninos, *meninas* e *criancinhas* com metade da minha idade.

Um cara brigão, Micah, me obrigou a dar uma surra em mim mesmo. É isso aí. Ele me obrigou a dar três socos em minha própria cara. Eu sou o único índio na história da humanidade que perdeu uma luta *para si mesmo*.

Muito bem. Então agora que vocês conhecem as regras, eu posso contar como deixei de ser um pequeno saco de pancadas em Wellpinit e me tornei um grande saco de pancadas em Reardan.

Para início de conversa, vamos deixar uma coisa bem clara. Todas aquela meninas louras lindas, lindas e lindas me ignoravam. Mas, até aí, tudo bem. As meninas índias me ignoravam também e eu já estava acostumado.

E, encaremos a verdade, a maioria dos meninos me ignorava também. Mas havia alguns daqueles meninos de Reardan, uma turma da pesada, que prestava atenção a mim. Nenhum deles me batia ou fazia algo violento. Afinal, eu era um índio da reserva e por mais esquisita e fracote que fosse minha aparência, eu não deixava de ser um matador em potencial. Portanto eles apenas arranjavam nomes para mim. Muitos.

Eu não gostava que me chamassem por aqueles nomes, mas dava para ir levando, principalmente quando era um daqueles monstros grandalhões que estavam me insultando. Mas sabia que, mais cedo ou mais tarde, eu deveria acabar com aquilo, senão eu passaria a ser conhecido como "Chefe" ou "Tonto" ou "Filhote de Índia".

Mas eu morria de medo.

Eu não tinha medo de encarar uma briga com aqueles meninos. Eu já havia participado de muitas brigas em minha vida. E também não tinha medo de perder deles.

A maior parte das brigas em minha vida perdi mesmo. O que tinha medo era de que eles me matassem.

E quando digo "matar", não é uma metáfora. Digo matar mesmo, "espancar até a morte".

Assim, fraco, pobre e amedrontado, eu deixava que me chamassem do que quisessem, enquanto tentava imaginar o que fazer. E as coisas talvez continuassem assim se Roger, o Gigante, não tivesse ido longe demais.

Era hora do almoço e eu estava sentado no pátio junto a uma escultura que diziam representar um índio. Eu estava examinando o céu como se fosse um astrônomo, só que era dia claro e eu não tinha um telescópio, portanto estava mesmo com cara de idiota.

Roger, o Gigante, e sua gangue de gigantes vieram em minha direção.

— Ei, Chefe — Roger foi logo dizendo.

Ele parecia ter dois metros de altura e pesar cento e trinta quilos. Roger era um menino de fazenda que carregava porcos debaixo dos braços como se fossem pedaços de bacon.

Encarei Roger, tentando não mostrar medo. Li em algum lugar que é possível uma pessoa afastar um urso perigoso apenas olhando bem para ele e abanando os braços, para parecer maior. Mas achei que se fizesse isso ia parecer um idiota assustado tentando voar.

— Ei, Chefe — disse Roger. — Quer ouvir uma piada?

— Claro — disse eu.

— Você sabia que índios são a prova viva de que os negros fodem com búfalos?

Senti como se Roger tivesse me dado um chute na cara. Aquilo era a coisa mais racista que eu já tinha ouvido em toda minha vida.

Roger e seus amigos riam como doidos. Eu odiei aqueles meninos. E sabia que deveria fazer alguma coisa à altura do insulto. Não podia deixar que eles fizessem aquilo impunemente. Eu precisava defender não apenas a mim mesmo, mas também a todos os índios, os negros *e* os búfalos.

Por tudo isso, dei um soco na cara de Roger.

Ele não estava mais rindo quando aterrissou de bunda no chão. E também não estava mais rindo quando o nariz dele começou sangrar como uma torneira.

Fiz umas poses fajutas de caratê porque imaginei que a gangue de Roger fosse me atacar por quebrar o nariz de seu líder.

Mas eles ficaram parados, olhando para mim.

Estavam em *estado de choque*.

— Você me deu um soco — disse Roger. Sua voz estava pastosa por causa do sangue. — Não acredito que você me deu um soco.

O tom de voz era de quem estava insultado.

Era o tom de quem estava magoado, o coitadinho.

E aí fui eu que não pude acreditar.

Ele agia como se fosse o único ali que tivesse sido magoado.

— Você é um animal — disse ele.

Subitamente, senti coragem. Talvez aquela fosse só uma briguinha idiota de escola. Ou talvez fosse o momento mais importante da minha vida. Talvez eu estivesse dizendo ao mundo que não era mais um saco de pancadas humano.

— Me encontre aqui mesmo na saída — disse eu.

— Pra quê?

Não pude acreditar que ele fosse tão burro.

— Me encontre aqui porque temos que acabar esta briga.

— Você está é doido — disse Roger.

Ele se levantou e foi embora. A gangue dele ficou me olhando, espantada, como se eu fosse um assassino em série. Depois deram as costas e seguiram seu líder.

Fiquei absolutamente confuso.

Eu havia seguido as regras da luta. Eu havia me comportado exatamente como devia ter me comportado. Mas aqueles meninos brancos tinham ignorado as regras. Na verdade, haviam seguido um outro conjunto de regras misteriosas segundo as quais as pessoas NÃO ENTRAVAM EM BRIGAS.

— Espere aí! — gritei para Roger.

— O que é que você quer? — perguntou ele.

— Quais são as regras?

— Que regras?

Eu não sabia o que dizer, por isso fiquei ali parado, vermelho e mudo como um sinal de trânsito. Roger e os amigos dele desapareceram.

Eu me senti como se alguém tivesse me empurrado para dentro de uma nave espacial e me mandado para outro planeta. Eu era um alienígena esquisito naquele lugar e não tinha como voltar para casa.

Minha avó me dá conselhos

Fui para casa naquela noite absolutamente confuso. E aterrorizado.

Se eu tivesse dado um soco na cara de um índio, ele levaria dias planejando uma vingança. E imaginei que os brancos também fossem querer vingança depois de levar um soco no meio da cara. Pensei, então, que Roger fosse me atropelar com um trator ou com uma ceifadeira ou com um caminhão de transporte de grãos ou de porcos.

Desejei que Rowdy ainda fosse meu amigo. Eu mandaria que ele pegasse Roger. Seria como uma luta entre King Kong e Godzilla.

Só então me dei conta de o quanto a minha autoestima e o meu sentimento de segurança baseavam-se nos punhos de Rowdy.

Mas Rowdy agora me odiava. Ele me odiava.

Eu tinha o dom de ser odiado por meninos que podiam acabar comigo. Mas esse é um dom nada desejável.

Minha mãe e meu pai não estavam em casa, por isso fui me aconselhar com minha avó.

— Vó — disse eu —, eu dei um soco na cara de um sujeito grandalhão. Ele deu as costas e foi embora. Agora estou com medo que ele me mate.

— Por que você deu um soco nele? — perguntou ela.

— Porque ele estava me provocando.

— Você deveria ter dado as costas e ido embora.

— Ele me chamou de "chefe" e de "filhote de índia".

— Então você deveria ter dado um chute no saco dele.

Ela fingiu ter dado um chute em um sujeito grandalhão, e nós dois caímos na risada.

— Ele bateu em você? — perguntou ela.

— Não. Não fez nada em mim — respondi.

— Nem mesmo depois que você bateu nele?

— Nem mesmo depois.

— E ele é grandalhão?

— Gigantesco. Aposto que ele derrubaria o Rowdy.

— Poxa!

— É estranho, não? O que será que isso significa?

Vovó pensou bastante antes de responder.

— Acho que ele respeita você — disse ela.

MINHA AVÓ

Sua melhor receita é
PAPA DE SALMÃO

(muito melhor do que o nome sugere)

Lenço na cabeça sempre
(vermelho quando ela vai a powwows,
verde para ficar em casa,
azul quando visita amigos,
roxo quando vai comprar coisas de segunda mão)

Vestido comprado em 1972 por $10

Cinto do meu avô, que morreu quando eu era bebê)

RODEO KING

Ganha a vida vendendo chaveiros de contas em um site de vendas popular da internet ("talismãs aborígenes altamente sagrados")

tênis de basquete porque "ela leva jeito"

— Respeita? Nem pensar!

— Respeita sim! Quer saber? Vocês, meninos e homens, são como um bando de cães selvagens. Esse menino grandalhão é o macho alfa da escola e você é o cão novo que chegou, por isso ele ficou provocando você para ver o quão forte você é.

— Mas eu não sou forte, Vó.

— Pois é, mas deu um soco na cara do macho alfa — disse ela. — Eles vão respeitar você agora.

— Eu te amo, Vó — disse eu. — Mas você é maluca.

Não consegui dormir naquela noite, porque não parava de pensar na tragédia que me aguardava. Eu sabia que Roger estaria esperando por mim de manhã na escola. Sabia que ele ia me socar na cabeça e nas costas duzentas vezes. Eu sabia que acabaria em um hospital, tomando sopa de canudinho.

Assim, exausto e aterrorizado, fui para a escola.

Meu dia começou como de costume. Saí da cama quando ainda estava escuro e tateei até a cozinha em busca de alguma coisa para comer. Só encontrei um pacote de suco de laranja em pó. Fiz um litro e meio de suco e bebi tudo de uma vez.

Depois fui ao quarto e perguntei a Mamãe e a Papai se algum deles me levaria de carro para a escola.

— Não tem gasolina — disse Papai, logo voltando a dormir.

Maravilha. Vou ter que ir andando.

Então me calcei, vesti o casaco e peguei a autoestrada. Tive sorte, porque o melhor amigo de meu pai, Eugene, por coincidência, estava indo para Spokane.

Eugene era um sujeito legal, como um tio para mim. Só que vivia bêbado. Não era desses bêbados de cair pelos cantos, mas estava sempre bêbado o suficiente para ser considerado bêbado. Era do tipo de bêbado engraçado e bondoso, sempre disposto a rir, a abraçar as pessoas e a cantar e dançar.

É engraçado como os sujeitos mais tristes do mundo podem ser os bêbados mais alegres.

— Ei, Junior — disse ele —, suba aqui e pegue uma carona no meu pônei, homem.

Então, eu subi na carona de Eugene e lá fomos nós, ele mal controlando a moto. Eu fechei os olhos e me agarrei nele.

E logo, logo, Eugene me deixava na escola.

Paramos em frente a um grupo de colegas meus, que ficaram com os olhos arregalados. É que Eugene, sabe, tem tranças que vão até a bunda. E, para completar, nenhum dos dois usava capacete.

Acho que parecíamos *perigosos*.

— Cara — disse ele —, tem um bocado de gente branca por aqui.

— Pois é...

EUGENE, melhor amigo do meu pai, & sua Indian Chief Roadmaster, modelo 1946

— Você tá se dando bem com eles?
— Não sei. Acho que sim.
— Acho bem bacana você fazer isso — ele disse.
— Acha mesmo?

— Claro, cara. Eu nunca ia poder fazer isso. Sou uma toupeira.

Poxa, eu me senti orgulhoso.

— Obrigado pela carona.

— Foi um prazer — disse Eugene.

Ele deu uma risada e saiu zoando estrada afora. Fui entrando na escola, tentando ignorar os olhares dos meus colegas.

Foi então que dei de cara com Roger, que saía da escola.

Pronto. É agora. Que droga, minha vida é só luta o tempo todo.

— Oi — disse Roger.

— Oi — disse eu.

— Quem era o cara da moto?

— O melhor amigo do meu pai.

— Legal, aquela moto.

— É. Ele acabou de comprar.

— Você anda muito nela com ele?

— Ando — menti.

— Pô, legal — disse ele.

— É. Legal — disse eu.

— Então tá. Te vejo por aí.

E ele seguiu adiante.

Caramba, ele não me deu uma surra. Na verdade, foi até gentil. Falou de um jeito respeitoso. Mostrou respeito por Eugene e pela moto dele.

Talvez Vovó estivesse certa. Talvez eu tivesse desafiado o cão alfa e estivesse sendo recompensado por isso.

Eu amo minha avó. Ela é a pessoa mais inteligente deste planeta.

Sentindo-me quase como um ser humano, entrei na escola e logo vi Penelope, a Bela.

— Olá, Penelope — falei, esperando que ela já soubesse que eu havia sido aceito na matilha.

Ela nem me respondeu. Talvez não tivesse me ouvido.

— Olá, Penelope — repeti.

Ela me olhou e fungou o nariz.

ELA FUNGOU O NARIZ!

COMO SE EU CHEIRASSE MAL OU COISA ASSIM!

— Eu conheço você? — perguntou ela.

Só havia uns cem alunos em toda a escola, certo? Então era claro que ela me conhecia. Ela só estava sendo malvada.

— Eu sou Junior — disse eu —, isto é, Arnold.

— Ah, já sei. Você é aquele menino que não sabe o próprio nome.

As amigas dela deram risadinhas.

Fiquei envergonhado. Posso ter impressionado o rei, mas a rainha ainda me odiava. Acho que minha avó não sabe de tudo, afinal.

Lágrimas de um palhaço
❋

Quando eu tinha 12 anos, me apaixonei por uma menina índia chamada Dawn. Ela era alta, morena e a melhor dançarina tradicional dos powwows da nossa reserva. Suas tranças, enroladas em pele de lontra, eram famosas. É claro que ela não dava atenção alguma a mim. Às vezes zombava de mim (me chamava de Junior High Honky por algum motivo que desconheço). Mas isso só fazia com que eu a amasse ainda mais. Ela estava absolutamente fora do meu alcance e, embora eu só tivesse 12 anos, já sabia que seria um desses caras que sempre se apaixonam por mulheres inatingíveis, impossíveis e indiferentes.

Certa noite, por volta das duas da madrugada, quando Rowdy estava dormindo lá em casa, fiz uma confissão completa.

— Cara — disse —, eu amo muito a Dawn.

Deitado no chão do meu quarto, ele fingiu que dormia.

— Rowdy — falei —, você está acordado?

— Não.

— Você ouviu o que eu disse?

— Não.

— Eu disse que amo muito a Dawn.

Ele ficou em silêncio.

— Você não vai dizer nada? — perguntei.

— Sobre o quê?

— Sobre o que acabei de dizer.

— Não ouvi você dizer nada.

Ele estava só me enchendo o saco.

— Vamos lá, Rowdy. Estou tentando te dizer uma coisa da maior importância.

— Você está é sendo burro — disse ele.

— Que burrice há nisso?

— Dawn não está nem aí pra você — disse ele.

Isso me fez chorar. Cara, eu choro mesmo à toa. Choro quando estou triste e choro quando estou alegre. Choro quando estou bravo. Choro porque estou chorando. Isso é sinal de fraqueza. É o oposto do que faz um guerreiro.

— Pare de chorar — disse Rowdy.

— Não consigo — respondi. — Eu amo Dawn mais do que jamais amei outra pessoa.

Pois é. Eu era bem dramático para um adolescente de 12 anos.

— Me faz um favor — disse Rowdy. — Para com essa choradeira, tá?

— Tá bem, tá bem — disse. — Desculpa.

Enxuguei o rosto com um dos meus travesseiros e joguei-o no outro lado do quarto.

— Céus, você é um bebê chorão — disse Rowdy.

— Mas não conta pra ninguém que eu chorei por causa da Dawn, tá?

— Alguma vez já contei seus segredos? — perguntou Rowdy.

— Não.

— Então não vou contar pra ninguém que você chorou por causa de uma menina estúpida.

E ele não contou para ninguém. Rowdy era meu confidente.

Halloween

Fui à escola hoje vestido de mendigo. Foi uma fantasia fácil para mim. Não há muita diferença entre as minhas roupas boas e as ruins, por isso não fiquei muito diferente de mim mesmo.

E Penelope foi fantasiada de mendiga. É claro que ela era a mendiga mais linda que já se viu.

Fizemos um belo par.

Bem, é claro que não formamos um par, mas não pude deixar de comentar sobre nosso gosto em comum.

— Ei — falei —, estamos com a mesma fantasia.

Pensei que ela fosse fazer de novo aquela cara de nojo para mim, mas ela quase sorriu.

— A fantasia ficou perfeita— disse Penelope. — Você parece mesmo um mendigo.

— Obrigado — respondi. — E você está bonita.

— Não estou tentando ser bonita— disse ela. — Estou usando isto para protestar contra o tratamento que os sem-teto recebem neste país. Esta noite só vou pedir que me deem moedas, em vez de balas, e depois vou dar tudo para os moradores de rua.

Não entendi como a escolha de uma fantasia de Halloween pudesse ser um protesto político, mas admirei seu engajamento. Quis que ela admirasse meu engajamento também, por isso inventei uma mentira.

— Pois é — disse eu —, e o meu protesto com esta fantasia é contra o tratamento dado aos americanos nativos sem terra deste país.

— Ah — respondeu ela. —, Acho sua ideia bem legal.

— E é mesmo. E a sua de coletar alguns trocados também é bem legal. Acho que vou fazer isso também.

É claro que depois das aulas eu iria de porta em porta pedindo moedas em vez de doces de Halloween na reserva, mas óbvio que não conseguiria tanto dinheiro quanto Penelope em Reardan.

— Ei — disse eu —, por que não juntamos nosso dinheiro amanhã e mandamos tudo junto? Assim mandaríamos o dobro.

Penelope me olhou, pensativa. Acho que estava tentando descobrir se eu falava a sério.

— Sério, mesmo? — perguntou ela.

— Claro.

— Bem, então estamos combinados — disse ela.

— Legal, legal, legal — disse eu.

Naquela noite de Halloween, portanto, saí pela reserva, de porta em porta. Mas a ideia não tinha sido boa. Acho que eu já estava meio velho demais para sair de porta em porta, ainda que pedindo uns trocados para os moradores de rua.

Até que um bocado de gente deu suas moedas com prazer. E um bom número deles me deu doces *e* moedinhas.

Meu pai estava em casa e sóbrio, e me deu um dólar. Ele quase sempre estava em casa, sóbrio e generoso, na noite de Halloween.

Algumas pessoas, principalmente as avós, comentaram que eu era um indiozinho corajoso por frequentar uma escola de brancos.

Mas uma quantidade bem maior de pessoas me xingou e bateu com a porta na minha cara.

Mas eu não tinha me preocupado com o que os outros meninos pudessem fazer contra mim.

Por volta das dez horas, quando estava a caminho de casa, três caras pularam em cima de mim. Não pude ver quem eram. Os três usavam máscaras de Frankenstein. Eles me empurraram para o chão e me chutaram algumas vezes.

E cuspiram em mim.

Os chutes eu aguentei bem.

Mas as cusparadas fizeram com que eu me sentisse um inseto.

Uma lesma.

Uma lesma morrendo sob uma chuva de cuspe.

Eles não me espancaram muito. Deu para notar que não estavam a fim de me mandar para o hospital, ou coisa assim. Pelo jeito, o que eles queriam mesmo era me lembrar de que eu era um traidor. E queriam também roubar meus doces e o dinheiro.

Não era muito. Talvez uns dez dólares em moedinhas e notas de um dólar.

Mas aquele dinheiro, e a ideia de doá-lo aos pobres, havia me deixado bastante feliz comigo mesmo.

Eu era um menino pobre coletando dinheiro para outros pobres.

Aquilo fez com que eu me sentisse quase que uma pessoa honrada.

Mas depois que os caras se foram, eu me senti apenas burro e ingênuo. Fiquei ali caído na terra, me lembrando dos tempos em que Rowdy e eu saíamos juntos na noite de Halloween. Usávamos sempre a mesma fantasia. Pensei também que, se eu estivesse com ele, nunca teria sido assaltado.

Foi aí que eu me perguntei se Rowdy não teria sido um dos caras que acabaram de me espancar. Caramba, isso teria sido horrível. Não, não dava para aceitar essa ideia. Por mais que me odiasse, Rowdy nunca me espancaria daquela maneira. Nunca.

Pelo menos espero que ele nunca me espanque.

Na manhã seguinte, na escola, fui falar com Penelope e mostrei a ela minhas mãos vazias.

— Sinto muito — disse eu.

— Sente muito por quê? — perguntou ela.

— Consegui juntar dinheiro ontem à noite, mas aí uns caras me atacaram e roubaram tudo.

— Ah, meu Deus! E você está bem?

— Tudo bem. Só levei uns chutes.

— Ah, meu Deus! Onde foi que eles chutaram?

Levantei a camisa e mostrei a ela as marcas na minha barriga, nas costelas e nas costas.

— Isso é terrível. Você foi a um médico?

— Não, não precisa. Não me machucaram tanto assim — disse eu.

— Esta aqui deve estar doendo muito — falou, tocando com a ponta do dedo em uma enorme marca roxa nas minhas costas.

Quase desmaiei.

O contato do dedo dela em mim foi maravilhoso.

— Sinto muito que tenham feito isso com você — disse ela. — Vou colocar seu nome quando mandar o dinheiro mesmo assim, como se você também estivesse mandando.

— Poxa! — respondi — Isso é muito legal. Obrigado.

— Não há de quê — disse ela, já se afastando.

Eu não ia dizer mais nada, mas tive vontade de falar algo memorável, algo que marcasse aquele momento.

— Ei, Penelope! — exclamei.

— O que foi? — perguntou ela.

— Dá uma sensação boa, não?

— Uma sensação boa?

— É, dá uma sensação boa quando ajudamos outras pessoas, não?

— Sim — disse ela. — Sim, dá.

E sorriu.

É claro que pensei que depois daquele momento Penelope e eu nos apaixonaríamos. Pensei que ela começaria a prestar mais atenção em mim, que todo mundo perceberia e que eu acabaria me tornando o cara mais popular do pedaço. Mas nada mudou, na verdade. Continuei a ser um estranho em uma terra estranha. E Penelope continuou a me tratar praticamente como antes. Quase não me dirigia a palavra.

Tive vontade de pedir conselhos a Rowdy.

— Ei, cara — eu teria dito —, o que é que eu faço para que uma linda menina branca se apaixone por mim?

— Pra começar, cara — responderia ele —, você precisa mudar sua aparência, seu jeito de falar e de andar. Feito isso, ela vai achar que você é o Príncipe Encantado.

Me arrastando em direção ao Dia de Ação de Graças

Andei como um zumbi nas semanas que se seguiram em Reardan.

Bem, esta não é a descrição exata. Se eu parecesse um zumbi, assustaria as pessoas. Então, não, não andei como um zumbi, porque não se pode ignorar um zumbi. Na verdade, eu não era coisa *nenhuma*.

Zero.

Zilch.

Nada.

Na verdade, se você pensa que todos aqueles que têm um corpo, uma alma e um cérebro são seres humanos, então eu era o oposto do humano.

Foi o período mais solitário da minha vida.

E sempre que me sinto solitário, nasce uma espinha na ponta do meu nariz.

Se as coisas não melhorassem logo, eu acabaria me transformando em uma gigantesca espinha ambulante.

Algo estranho estava acontecendo comigo.

Espinhento e solitário, eu acordava na reserva como um índio e, em algum ponto da estrada, me transformava em alguma coisa inferior a um índio.

E quando chegava a Reardan, já havia me tornado algo menos do que menos que índio.

Os meninos e as meninas brancas não falavam comigo.

Mal olhavam para mim.

Bem, Roger acenava com a cabeça para mim, mas não conversava comigo nem nada. Eu me perguntava se não deveria dar socos nas caras de todos eles. Talvez assim eles prestassem alguma atenção em mim.

Eu ia de uma aula para outra sozinho; almoçava sozinho; na aula de educação física, ficava em um canto, batendo bola comigo mesmo. Ficava jogando a bola de basquete para o alto e pegando de novo.

Sei muito bem o que vocês estão pensando. "Tudo bem, senhor Tristeza, quantas vezes mais você vai repetir que está deprimido?"

Bem, talvez eu esteja exagerando um pouco. Talvez esteja mesmo.Então deixem que eu diga algumas coisas boas que descobri naquele período infeliz.

Em primeiro lugar, descobri que era mais inteligente do que a maioria daqueles meninos brancos.

Ah, sim, havia umas duas meninas e um menino que eram pequenos Einsteins, e não tinha como ser melhor do que eles. Mas eu era muito mais inteligente do que 99 por cento dos outros. E não apenas inteligente para um índio, compreende? Eu era inteligente, e ponto final.

Vou dar um exemplo.

Na aula de geologia, o professor Dodge estava falando sobre as florestas petrificadas perto de George Washington, ao longo do rio Columbia, e de como era espantoso que a madeira pudesse se transformar em rocha.

Levantei a mão.

— Sim, Arnold — disse o professor Dodge.

Ele estava surpreso. Era a primeira vez que eu levantava a mão na aula dele.

— Um, er, um — disse eu.

Pois é, saiu mesmo muito *articulado*.

— Desembucha — disse Dodge.

— Bem — disse eu —, floresta petrificada não é de madeira.

Meus colegas me olharam espantados. Não podiam crer que eu estivesse contradizendo o professor.

— Se não é madeira — disse Dodge —, então por que chamam aquilo de floresta?

— Não sei — disse eu. — Não fui eu quem deu esse nome. Mas sei como a coisa funciona.

A cara de Dodge ficou vermelha.

Rubra.

Eu nunca vi um índio ficar daquela cor. Por que, então, chamam os índios de peles vermelhas?

— Muito bem, Arnold. Já que você é tão sabido — disse Dodge — diga-nos como a coisa funciona.

— Bem, o que acontece é que, er, quando a madeira fica muito tempo sob o solo, os minerais e coisas desse tipo, ur, sabe como é, vão se infiltrando na madeira. E aí, er, se fundem com a madeira e derretem a cola que mantém a madeira junta. E aí os minerais vão tomando o lugar da madeira, e coisa e tal. O que eu quero dizer é que já não é madeira e os minerais ficam na forma dela. Tipo assim, os minerais retiram toda a madeira e a cola de uma, er, árvore e daí a árvore parece ser uma árvore, mas é uma árvore feita de minerais. Então, er, como o senhor vê, a madeira não se transformou em rocha. As rochas substituíram a madeira.

Dodge ficou me olhando muito sério. Ele estava ameaçadoramente irado:

um vulcão   o sr. Dodge

Qual destes gigantes pirotécnicos explodirá primeiro?!?

— Muito bem, Arnold — disse Dodge —, onde foi que você aprendeu esse fato? Na reserva? Sim, todos nós sabemos que os progressos da ciência são espantosos na reserva.

Meus colegas acharam isso engraçado. Eles começaram a dar risadas, apontando na minha direção. Menos um. Gordy, o gênio da turma. Ele levantou a mão.

— Gordy — disse Dodge, feliz e aliviado. — Tenho certeza de que você pode nos dizer a verdade.

— Bem, na verdade — disse Gordy —, Arnold tem razão quanto à madeira petrificada. É isso mesmo que acontece.

Dodge empalideceu subitamente. Verdade. De vermelho sanguínio, ele passou a branco neve em dois segundos.

Se Gordy dizia que era assim, não havia o que questionar. Até o professor Dodge sabia disso.

O professor Dodge, na verdade, nem era mesmo professor de ciências. É isso que acontece em escolas pequenas, vocês sabiam? Às vezes não há dinheiro suficiente para contratar um professor de ciências de verdade. Às vezes o antigo professor de ciências de verdade se aposenta ou desiste do emprego, e deixa a escola sem substituto. E quando não se tem um professor de ciências de verdade, escolhe-se um outro professor qualquer para *ser* o professor de ciências.

E é por isso que crianças de cidades pequenas às vezes não sabem a verdade sobre a madeira petrificada.

— Ora, ora, não é mesmo interessante? — disse o falso professor de ciências. — Obrigado por nos elucidar quanto a isso, Gordy.

Pois é. Ficou por aí.

O professor Dodge agradeceu a Gordy mas não disse nada a mim.

Até os professores, agora, me tratavam como um idiota.

Eu me encolhi de volta em minha cadeira e fiquei me lembrando dos tempos em que eu ainda era um ser humano.

Lembrei do tempo em que as pessoas me achavam inteligente.

Lembrei do tempo em que as pessoas achavam que meu cérebro era útil.

Prejudicado pela água, é verdade. E sempre pronto para uma convulsão a qualquer momento. Mas, mesmo assim, útil e talvez até um pouco bonito, sagrado e misterioso.

Depois da aula, alcancei Gordy no corredor.

— Ei, Gordy — falei. — Obrigado.

— Obrigado por quê? — perguntou ele.

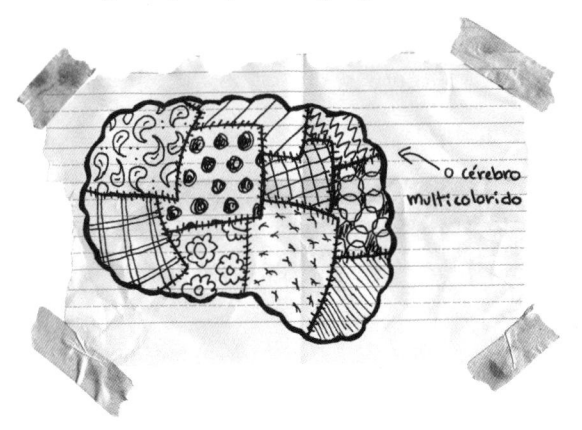

o cérebro multicolorido

— Obrigado por me apoiar lá na aula. Por dizer a verdade a Dodge.

— Eu não fiz aquilo por você — disse Gordy. — Fiz pela ciência.

E seguiu adiante. Eu fiquei parado ali mesmo, esperando que as rochas substituíssem meus ossos e meu sangue.

Fui para casa de ônibus naquela noite.

Aliás, para casa não. Fui de ônibus até o fim da linha, que era no limite da reserva.

E lá fiquei esperando.

Meu pai tinha ficado de me buscar. Mas não tinha certeza se teria dinheiro suficiente para a gasolina.

Principalmente se ele fosse passar pelo cassino da reserva e jogar na máquina caça-níqueis antes.

Esperei trinta minutos.

Exatamente.

E então comecei a andar.

Ir e vir da escola era sempre uma aventura.

Depois das aulas, eu tomava o ônibus até o fim da linha e esperava por meus pais.

Se não aparecessem, o jeito era ir a pé mesmo.

Tentava pegar carona no sentido inverso.

Com frequência encontrava alguém voltando para casa, e aí eu ia de carona.

Três vezes eu tive que andar até minha casa.

Trinta e cinco quilômetros.

Fiquei com bolhas nos pés nessas três vezes.

Naquele meu dia da floresta petrificada, acabei pegando uma carona com um sujeito branco do Escritório de Assuntos Indígenas e ele me deixou na porta de casa.

Junior vai à Escola
SEG
Falta grana pra gasolina
35 Km
Peço carona
TER
Pintou dinheiro; carro enguiçado.
Peço carona
QUA
Papai me leva, carro enguiça a 1 quilômetro e meio da escola.
Vou a pé e chego 30 min. atrasado.
QUI
Mamãe me leva; papai está de ressaca.
clank clunk brrrrr
Valeu, mãe.
cof cof cof
SEX
Falta grana pra gasolina; ninguém para dar carona.
Resposta correta, sra. Bun. O prêmio é seu!
Aaaahh!
Volto pra casa e assisto à TV.
NA PRÓXIMA SEMANA: Começa tudo de novo (mas em ordem diferente!)

Entrei e encontrei minha mãe chorando.

Era comum eu entrar em casa e ver minha mãe chorando.

— O que houve? — perguntei.

— É sua irmã — disse ela.

— Ela fugiu de novo?

— Ela se casou.

Poxa, fiquei chocado. Mas minha mãe e meu pai estavam completamente chocados. As famílias indígenas se mantêm unidas, como se usassem a cola mais forte do mundo. Minha mãe e meu pai moravam a três quilômetros do lugar onde nasceram e minha avó, a um quilômetro de onde nasceu. Desde que a Reserva Indígena Spokane foi fundada, em 1881, ninguém da minha família jamais morou em outro lugar. Nós, os Spirits, não partimos. Somos absolutamente tribais. Para o bem ou para o mal, não nos separamos. E agora minha mãe e meu pai haviam perdido os dois filhos para o mundo lá fora.

Acho que eles julgavam ter fracassado. Ou talvez eles apenas se sentissem sós. Ou talvez eles nem soubessem o que estavam sentindo.

Eu não sabia o que sentir. Quem seria capaz de entender minha irmã?

Depois de passar sete anos vivendo no porão e vendo TV, depois de não fazer *absolutamente nada* todo esse tempo, minha irmã decidiu que precisava mudar de vida.

Acho que talvez ela se sentisse envergonhada.

Se eu era corajoso o suficiente para ir estudar em Reardan, então ela teria coragem suficiente para SE CASAR COM UM ÍNDIO FLATHEAD E SE MUDAR PARA MONTANA.

— Onde foi que ela conheceu esse sujeito? — perguntei à minha mãe.

— No cassino — disse ela. — Sua irmã disse que é um bom jogador de pôquer. Acho que ele viaja por todos os cassinos de índios do país.

— Ela se casou com ele porque ele joga cartas?

— Ela disse que ele não tem medo de arriscar tudo que tem, e que esse é o tipo de homem com quem ela quer passar a vida.

Eu não podia acreditar. Minha irmã se casar com um sujeito por um motivo idiota como aquele. Mas acho que as pessoas em geral se casam por motivos idiotas mesmo.

— Ele é bonitão? — perguntei.

— Na verdade, é meio feio — disse minha mãe. — Tem nariz adunco e os olhos de tamanhos diferentes.

Droga, minha irmã tinha se casado com um jogador de pôquer nômade, com nariz de águia e olhos assimétricos.

Aquilo me deixou humilhado.

Eu pensei que fosse mais duro na queda.

Mas eu teria que ficar me esquivando de olhares esnobes dos meninos brancos da minha escola, enquanto minha irmã estaria numa boa no belo estado de Montana.

Aqueles índios de Montana eram tão durões que o povo branco morria de medo deles.

Vocês podem imaginar um lugar onde os brancos morram de medo dos índios, e não o inverso?

Pois é. O lugar é Montana.

E minha irmã tinha se casado com um daqueles índios doidões.

Ela nem disse nada a nossos pais, ou à minha avó, ou a mim antes de partir. Telefonou para Mamãe de St. Ignatius, Montana, da Reserva dos Índios Flatheads e disse "Oi, Mãe, sou uma mulher casada agora. Quero ter dez bebês e viver aqui para sempre".

Que coisa mais esquisita, não? Chega a ser quase *romântica*.

Só então me dei conta de que minha irmã estava tentando VIVER uma história romântica.

Cara, é preciso ter coragem e imaginação para isso. Bem, é preciso também um tanto de desequilíbrio mental, mas me senti subitamente feliz por ela.

E um pouco assustado.

Na verdade, fiquei morrendo de medo.

Ela estava tentando realizar um sonho. Todos nós deveríamos estar delirando de alegria por ela ter saído do porão. Há anos tentávamos fazer com que ela saísse de lá. É claro que minha mãe e meu pai teriam ficado felizes se ela saísse e arranjasse um emprego de meio expediente nos correios ou no armazém, ou se ela apenas se mudasse para um quarto no andar de cima de nossa casa.

Mas todo aquele tempo eu sabia que o espírito da minha irmã estava vivo. Que ela não havia desistido. A reserva tentara sufocar minha irmã e a forçara a se esconder no porão. Agora ela estava flanando pelos campos verdes de Montana.

Que maravilha!

Eu me senti inspirado.

O desconhecido de Montana

"Pensa que é só você, Junior?"

MINHA ÚNICA IRMÃ

UM TRECHO DO LIVRO
"Quero ter 10 bebês e morar aqui para todo o sempre!" exclamou Mary, a Fujona.
"Querida", exclamou o sei-lá-quem. Suas bocas cheirando a cerveja se encontraram em um grande beijo, até que o sei-lá-quem precisou arrotar.
"Buuurp!"

Meus pais e minha avó estavam em estado de choque, naturalmente. Eles achavam que minha irmã e eu estávamos ficando absolutamente doidos.

Mas, querem saber? Eu achava que estávamos sendo guerreiros.

E um guerreiro não teme confrontos.

Por isso cheguei à escola no dia seguinte e fui logo falando com Gordy, o Menino Branco Gênio.

— Gordy — disse eu. — Preciso falar com você.

— Não tenho tempo — disse ele. — O professor Orcutt e eu temos que tirar uns vírus de uns PCs. Você não acha que os PCs são detestáveis? Vivem infectados, cheios de vírus. São como franceses durante a peste bubônica.

E as pessoas achavam que *eu* é que era um cara estranho.

— Eu prefiro muito mais os Macs, e você? — perguntou ele. — Macs são muito mais poéticos.

Esse cara está apaixonado por computadores. Fiquei pensando se ele não estaria escrevendo um romance sobre um menino gênio branco e magricelo que fazia sexo com um computador da Apple.

— Computador é computador — disse. — Tanto um quanto outro dá no mesmo.

Gordy deu um suspiro.

— Então, sr. Spirit — disse ele. — O senhor vai ficar me entediando com suas tautologias o dia todo, ou tem mesmo algo a me dizer?

Tautologias? Que droga seria essa? Eu não podia perguntar a Gordy, porque ele ficaria sabendo que sou um índio idiota e analfabeto.

— Você não sabe o que é uma tautologia, não é? — perguntou ele.

— Claro que sei — disse. — Sei mesmo.

— Você está mentindo.

— Não estou.

— Está, sim.

— Por que você diz isso?

— Porque seus olhos se dilataram, a respiração ficou um pouco mais rápida e você está começando a suar.

Então Gordy era um detector de mentiras também.

— Está bem, eu menti — disse. — O que é uma tautologia?

Gordy suspirou novamente.

ODIEI AQUELE SUSPIRO! TIVE VONTADE DE ENFIAR ELE DE VOLTA COM UM SOCO NA CARA DO GORDY!

— Uma tautologia é a repetição de algo com palavras diferentes — disse ele.

— Ah — respondi.

De que diabo de coisa ele está falando?

— É uma redundância — disse ele.

— Ah, você quer dizer redundante, como dizer a mesma coisa várias vezes mas de maneiras diferentes?

— Sim.

— Ah, se eu dissesse "Gordy é um peru sem orelhas e um par de orelhas sem um peru", isso seria uma tautologia?

Gordy sorriu.

— Não é exatamente uma tautologia, mas é engraçado. Você tem um senso de humor singular.

Eu ri.

Gordy riu também. Mas aí ele se deu conta de que eu não estava rindo COM ele. Eu estava rindo DELE.

— Qual é a graça? — perguntou ele.

— "Senso de humor singular" é demais, cara. Parece até uma bicha inglesa falando, ou coisa assim.

— Bem, eu sou mesmo um tanto anglófilo.

— Anglófilo? O que é anglófilo?

— É alguém que ama a Mãe Inglaterra.

Cara, aquele menino era um professor de literatura de oitenta anos encarnado no corpo de um filho de fazendeiro de 15 anos.

— Escuta aqui, Gordy — disse —, sei que você é um gênio e coisa e tal. Mas você é um carinha bem esquisito.

— Estou ciente de minhas diferenças, mas não as classificaria como esquisitices.

— Não me interprete mal — continuei —, acho que ser esquisito é genial. Se você passar os olhos por todas as pessoas geniais da história, como Einstein, Michelangelo e Emily Dickinson, você verá um bando de gente bem esquisita.

— Olha, eu vou me atrasar para a aula — disse Gordy. — E você também. É melhor irmos à luta, como dizem por aí.

Fiquei olhando para Gordy. Ele era um menino grandalhão, que certamente tinha ficado forte carregando fardos e dirigindo caminhões. Devia ser um dos nerds mais fortes do mundo.

— Eu quero ser seu amigo — disse.

— Como?

— Eu quero ser seu amigo — repeti.

Gordy deu um passo atrás.

— Posso lhe assegurar — disse ele — que não sou homossexual.

— Oh, não — disse. — Não quero ser seu amigo dessa maneira. Eu quis dizer amigo, assim, como as pessoas são amigas. Nós temos coisas em comum.

Agora era Gordy quem me estudava.

Eu era um menino índio da reserva. Mas era também um menino solitário, triste e amedrontado.

Como Gordy.

E assim acabamos nos tornando amigos. Não grandes amigos, como Rowdy e eu tínhamos sido. Gordy e eu não contávamos nossos segredos um para o outro. Nem nossos sonhos.

Nada disso. Nós estudávamos juntos.

Gordy me ensinou a estudar.

O melhor de tudo foi que ele me ensinou a ler.

— Preste atenção — disse ele, certa tarde na biblioteca. — Você precisa ler um livro três vezes para saber o que ele diz. A primeira vez, você lê pela história. O enredo. O movimento de uma cena a outra que dá ao livro seu *momentum*, seu ritmo. É como descer um rio em uma balsa. Só se presta atenção à correnteza. Está me entendendo?

— Absolutamente nada. — respondi.

— Está, sim — disse ele.

— Tá bem, estou — concordei. Na verdade, não estava, mas Gordy acreditava na minha inteligência. Não deixava que eu desistisse.

— Na segunda vez em que você lê o livro, é para saber o que há por trás da história. Você pensa no significado de cada palavra, de onde ela veio. Por exemplo, você está lendo um romance e dá de cara com a palavra "spam", e daí fica querendo saber de onde ela veio, certo?

— "Spam" é um e-mail não solicitado, enviado para várias pessoas ao mesmo tempo. Lixo eletrônico.

— Pois é, o significado é esse. Mas quem inventou essa palavra, quem a usou pela primeira vez e como o significado dela foi mudando desde que foi inventada?

— Não sei — falei.

— Bem, você precisa ir atrás da informação. Se você não tratar cada palavra com seriedade, não estará tratando o romance com seriedade.

Pensei na minha irmã em Montana. Talvez romances de amor fossem coisas realmente sérias. Bem, minha irmã certamente achava que fossem. Subitamente compreendi que, se cada momento de um livro deve ser levado a sério, então cada momento de uma vida também deveria ser levado a sério.

— Eu desenho cartuns — falei.

— Para quê? — perguntou Gordy.

— Eu levo meus cartuns a sério. Eles me ajudam a entender o mundo. Eu uso meus cartuns para zombar do mundo. Para zombar das pessoas. E às vezes desenho as pessoas porque são minhas amigas e minha família. É uma espécie de homenagem.

— Então você leva seus cartuns tão a sério quanto os livros?

— Levo — disse. — Isso é meio patético, não é?

— Não, de jeito nenhum — disse Gordy. — Se você é bom nisso, gosta de fazer isso e isso te ajuda a navegar pelo rio da vida, então você não pode estar errado.

Puxa, o cara é um poeta! Meus cartuns não serviam só para fazer graça; serviam também para fazer poesia. Poesia engraçada, mas não deixava de ser poesia. Eram coisas sérias e engraçadas.

— Mas também não leve nada a sério demais — disse Gordy.

O carinha também era capaz de ler os pensamentos dos outros. Ele era como que um desses alienígenas de *Guerras nas Estrelas*, uma criatura com tentáculos invisíveis capaz de sugar os pensamentos dos cérebros humanos.

— Você lê um livro pela história, por cada uma de suas palavras — disse Gordy. — E você desenha seus cartuns para contar uma história, mas também por cada uma das palavras e imagens. E é claro que precisa levar isso a sério, mas você deve ler e desenhar porque livros e cartuns bons de verdade deixam você com tesão.

Fiquei chocado.

— Isso é muito bom, cara — disse Gordy. — Você tem que ter tesão nas coisas. Venha comigo!

Fomos correndo para a biblioteca da escola.

— Olhe só todos esses livros — disse ele.

— Não são tantos assim — disse eu. Aquela era uma biblioteca pequena de uma escola pequena de uma cidade pequena.

— Há três mil, quatrocentos e doze livros aqui — disse Gordy. — Eu sei porque contei.

— Tudo bem, agora eu declaro você oficialmente esquisito — disse.

— Sim, é uma biblioteca pequena. Minúscula. Mas se você ler um desses livros por dia, levaria quase dez anos para terminar.

— Onde você quer chegar, Gordy?

> Você está me dizendo que livros dão **tesão**?
>
> Estou.
>
> Sério?
>
> É...
>
> Você não acha os livros excitantes?
>
> Não acho que eles possam me excitar **dessa** maneira.

— O mundo, mesmo as partes mais minúsculas dele, é cheio de coisas que a gente desconhece.

Poxa, essa era uma ideia e tanto.

Então qualquer cidadezinha pequena como Reardan é um lugar cheio de mistério. Isso significa que Wellpinit, ainda bem menor, uma aldeia de índios, é também um lugar de mistério.

— Entendi. É como se cada um desses livros fosse um mistério. E se uma pessoa lesse todos os livros escritos até hoje, ficaria sabendo de um mistério gigantesco. E por mais que a pessoa aprenda, tem sempre mais para aprender.

— É isso aí! É isso aí! — exclamou Gordy. — Agora diga, isso não te dá um tesão?

— Estou duro como uma pedra — respondi.

Gordy enrubesceu.

— Bem, eu não quis dizer tesão no sentido sexual — disse Gordy. — Não acho que a gente deva sair pela vida afora com o pênis ereto. Mas a gente deve encarar cada novo livro, cada novo momento da vida, com a expectativa de um tesão metafórico a qualquer instante.

— Um tesão metafórico! — exclamei. — Que diabo de tesão é esse?

Gordy riu.

— Quando eu digo tesão, estou querendo dizer felicidade — disse ele.

— Então porque você não diz logo felicidade? Você não precisa dizer tesão. Essa história de tesão me deixa confuso.

— Dizer tesão é mais engraçado. Dá mais a ideia de alegria.

Gordy e eu rimos.

Ele era um sujeito muito esquisito. Mas era também a pessoa mais inteligente que eu já havia conhecido, e sempre seria.

Gordy me ajudou durante a escola. Ele não apenas me explicava o que eu não entendia, como também me desafiava a ir sempre mais além. Graças a ele compreendi que realizar uma tarefa difícil — enfrentá-la, levá-la até o fim — é uma fonte de prazer.

Em Wellpinit, eu era uma pessoa esquisita porque amava livros.

Em Reardan, eu era uma pessoa esquisita que descobriu o prazer.

E minha irmã era uma pessoa esquisita que descobriu os caminhos do mundo.

Éramos os irmãos mais esquisitos da face da terra.

Minha irmã me manda um e-mail

✳

----Mensagem Original----
De: Mary
Enviada em: quinta-feira, 16 de novembro, 2006 16:41
Para: Junior
Assunto: Oi!

Querido Junior,
Estou adorando Montana. Aqui é lindo. Ontem andei a cavalo pela primeira vez. Os índios ainda andam a cavalo em Montana. Ainda estou

procurando emprego. Mandei currículos para todos os restaurantes da reserva. É isso mesmo, a reserva dos Flatheads tem uns vinte restaurantes. Uma loucura. Tem seis ou sete aldeias também. Não é incrível? É muita aldeia para uma reserva só! E quer saber o que é mais incrível ainda? Algumas dessas aldeias da reserva estão cheias de brancos. Não sei como isso aconteceu. Mas os brancos que moram nessas aldeias nem sempre gostam muito dos índios. Uma dessas aldeias, chamada Polson, tentou a secessão (isto quer dizer separação, procurei no dicionário) da reserva. Verdade. Foi como na Guerra Civil. Apesar de a aldeia ficar no meio da reserva, os brancos de lá decidiram que não queriam ser parte da reserva. Muito doido isso. Mas a maioria das pessoas aqui são legais. Os brancos e os índios. E quer saber do melhor? Aqui tem um hotel que é o máximo e foi lá que meu maridão e eu passamos nossa lua de mel. Fica no lago Flathead e nós ficamos em uma suíte, que é um quarto com banheiro próprio! E tinha um telefone no banheiro! Juro! Eu poderia ter telefonado para você do banheiro. Mas esta não é a coisa mais maluca. Nós decidimos pedir serviço de quarto. Eles mandam comida para o quarto da gente. E adivinhe o que eles tinham no cardápio! Pão frito índio! É isso mesmo! Por cinco dólares você pode comer pão frito índio. Coisa de louco! Então eu pedi que me mandassem dois pedaços. Eu não fazia muita fé que chegasse aos pés do pão frito da Vovó. Mas, juro, foi quase tão bom quanto. E serviram o pão frito em pratos elegantes, com garfo e faca. Eu fiquei imaginando que deveriam ter uma avó índia flathead na cozinha, só fazendo pão frito para os hóspedes comerem no quarto. Foi um sonho! Eu adoro minha vida aqui! Adoro meu marido! Adoro Montana!

Adoro você!
Sua mana, Mary

Dia de Ação de Graças

Foi um feriado sem neve.

Comemos um peru que Mamãe preparou à perfeição.

Comemos também purê de batatas, vagem, milho, molho de cranberry e torta de abóbora. Foi um banquete.

Eu sempre acho engraçado quando índios comemoram o Dia de Ação de Graças. Tudo bem que os índios e os peregrinos estivessem numa boa no primeiro Dia de Ação de Graças, mas pouco tempo depois os peregrinos já estavam matando índios a tiro.

Por isso eu nunca sei bem por que nós comemos peru como todo mundo.

— Ei, Pai — perguntei —, por que os índios devem dar tantas graças a Deus?

— Devemos ser gratos por não terem matado todos nós.

Demos boas gargalhadas. Foi um dia bom. Papai estava sóbrio. Mamãe se preparava para tirar uma soneca. Vovó já estava tirando uma soneca.

Mas eu sentia saudades de Rowdy. Ficava só olhando para a porta. Nos últimos dez anos ele sempre vinha à nossa casa para disputar comigo quem comia mais torta de abóbora.

Eu sentia falta dele.

Por isso desenhei Rowdy e eu, como éramos antes:

Ai eu vesti meu casaco, me calcei, fui andando até a casa de Rowdy e bati à porta.

O pai de Rowdy, bêbado como sempre, abriu a porta.

— Junior — disse ele. — O que é que você quer?

— O Rowdy está em casa?

— Não.

— Ah, então está bem. Eu desenhei isto para ele. O senhor pode entregar a ele?

O pai de Rowdy pegou o desenho e ficou algum tempo olhando para ele. Depois deu um sorriso que mais parecia uma careta.

— Você é meio gay, não é? — perguntou ele.

Pois é. Era esse o pai que o Rowdy tinha em casa. Céus, não era à toa que meu melhor amigo estava sempre tão zangado.

— Dá para o senhor entregar isso a ele? — perguntei.

— Tá bem. Eu entrego. Mesmo que esse troço seja meio gay.

Tive vontade de xingar o sujeito. Tive vontade de dizer a ele que eu me achava bem macho por ter coragem de ir até lá tentar refazer minha amizade com Rowdy. Tive vontade de dizer que eu sentia saudades de Rowdy e que se isso fosse ser gay, então eu era o gay mais gay do mundo. Mas não disse nada disso.

— Então, obrigado — foi o que eu disse. — E feliz Dia de Ação de Graças.

O pai de Rowdy fechou a porta na minha cara e eu fui embora. Dei alguns passos, parei e olhei para trás. Vi Rowdy na janela do seu quarto, no andar de cima. Estava segurando meu desenho e olhando para mim. Pude ver a tristeza em seu rosto. *Tive certeza* de que ele sentia saudades de mim também.

Acenei para ele. Ele ergueu o dedo médio para mim.

— Ei, Rowdy! — gritei. — Obrigado, tá?

Ele se afastou da janela. Por alguns instantes, fiquei triste. Mas depois me dei conta de que, apesar de ter me xingado, ele não tinha rasgado o meu desenho. Se ele me odiasse mesmo, teria feito dele pedacinhos de papel. Isso sim, teria me magoado mais do que qualquer coisa que eu pudesse imaginar. Mas Rowdy ainda respeitava meus cartuns. Talvez, então, ele ainda me respeitasse um pouco.

Barriga vazia

❉

Nosso professor de história, o sr. Sheridan, tentava nos ensinar alguma coisa sobre a Guerra Civil. Mas ele era tão chato e monótono que só estava conseguindo nos ensinar a dormir de olhos abertos.

Eu tinha que sair daquela sala, por isso ergui a mão.

— O que é, Arnold? — perguntou o professor.

— Preciso ir ao banheiro.

— Aguente um pouco.

— Não posso.

Fiz aquela cara de "se-eu-não-for-agora-vou-explodir".

— Não dá mesmo para esperar? — perguntou ele.

Na verdade, eu nem estava com vontade no começo, mas depois me dei conta de que sim, eu precisava ir.

— Está bem, está bem. Vá.

Dirigi-me para o banheiro da biblioteca, porque o de lá está sempre mais limpo do que o do refeitório.

Bem, vou fazer o número dois. Sento-me no vaso e me concentro. Entro no mundo zen, tentando fazer com que a experiência seja transcendental. Li em algum lugar que Gandhi meditava ao fazer o número dois. Uma experiência espiritual. Não sei se ele via o futuro, ou coisa assim. Mas acho que ele pensava que as condições e a qualidade de seu número dois revelavam as condições e a qualidade de sua vida.

Acho que ando lendo livros demais.

E certamente livros DEMAIS sobre o número dois.

Mas tudo que lemos é importante, certo? Então acabo, puxo a descarga, lavo as mãos e dou uma olhada no espelho para conferir as espinhas. Estou eu ali, quieto e concentrado, quando ouço um barulho estranho vindo do outro lado da parede.

Lá é o banheiro das meninas.

E eu ouço o barulho estranho novamente.

Querem saber como era o barulho?

ARGGHHHHHHHHSSSSSPPPPPPGGGHHHHHHHHHAAAAAARGHHHHHHHHHAGGGGHH!

Parecia o som de alguém vomitando.

Não. Não era isso.

Era o som de um 747 aterrissando em uma pista de vômito.

Resolvo voltar para a sala de aula, para a estimulante aula do meu professor de história. Mas aí escuto o barulho novamente.

ARGGGHHHHHHHHSGHHSLLLSKSS-SHHSDKFDJSABCDEFGHIJKLMNOPQRSTU-VWXYZ!

É. Tinha alguém passando mal lá dentro. Talvez estivesse com uma crise renal, ou coisa assim. Não posso simplesmente ir embora.

Então bati na porta do banheiro. Do banheiro das meninas.

— Olá! — gritei eu. — Tudo bem aí dentro?

— Vai embora!

Era uma menina. Aliás, isso seria de se esperar, pois era um banheiro feminino.

— Você quer que eu vá chamar uma professora ou alguém assim? — perguntei da porta do banheiro.

— Eu disse VAI EMBORA!

Não sou idiota. Compreendo mensagens sutis.

Então vou saindo, mas algo me puxa de volta. Não sei o que é. Se vocês forem românticos, podem pensar que foi o destino.

Assim sendo, o destino e eu ficamos encostados à parede, esperando.

A vomitadora acabará por sair do banheiro, mais cedo ou mais tarde, e eu verei se ela está bem.

Dito e feito. Não demora e ela sai.

E ninguém mais, ninguém menos do que a adorável Penelope sai do banheiro mastigando um pacote inteiro de chiclete de canela. Obviamente ela tentava disfarçar o cheiro do vômito com o maior pedaço de chiclete do mundo. Mas não deu certo. Ela ficou com o cheiro de alguém que vomitou um bocado de canela.

— O que é que você está olhando? — pergunta ela.

— Estou olhando uma anoréxica — digo.

Uma anoréxica LINDA, penso em dizer, mas não digo.

— Eu não sou anoréxica — diz ela. — Sou bulímica.

Ela diz isso com o nariz e o queixo empinados. Fica toda arrogante. E aí eu me lembro que há um bando de anoréxicas que se ORGULHAM de ser umas doidas magricelas e famintas.

Elas acham que o fato de serem anoréxicas as torna especiais, faz com que sejam melhores do que todo mundo. Elas têm sites malucos onde trocam conselhos sobre os melhores laxantes e coisas assim.

— Qual é a diferença entre ser bulímico ou anoréxico?

— Os anoréxicos são anoréxicos o tempo todo — diz ela. — Eu só sou bulímica quando vomito.

Uau!

ELA PARECE ATÉ MEU PAI FALANDO.

Tem viciado de todo tipo, eu acho. Todos nós sofremos. E todos nós procuramos maneiras de fazer a dor ir embora.

Penelope se entope com sua dor e depois a vomita e puxa a descarga. Meu pai bebe para manter longe a dor.

Por isso digo a Penelope o que sempre digo a Papai quando ele está bêbado e deprimido, a ponto de desistir da vida.

— Ei, Penelope — digo. — Não desista nunca.

Está bem, reconheço que este não é o melhor conselho do mundo. Na verdade, é bastante óbvio e simplório.

Mas Penelope começa a chorar, a falar de sua solidão, a dizer que todos pensam que sua vida é perfeita porque ela é bonita e inteligente e popular entre os amigos, mas que ela vive aflita o tempo todo e que ninguém aceita que ela viva aflita porque ela é bonita e inteligente e popular.

Vocês notaram que ela mencionou sua beleza, sua inteligência e sua popularidade duas vezes na mesma frase?

Essa menina tem um ego e tanto.

Mas isso também é sexy.

Como é possível que uma menina bulímica com hálito de vômito possa se tornar subitamente tão sexy? Amor e desejo podem endoidar uma pessoa.

Compreendi, naquele instante, como foi possível que minha irmã Mary conhecesse um sujeito e se casasse com ele cinco minutos depois. Não estou mais tão zangado com ela por ter nos deixado e se mudado para Montana.

No decorrer das semanas seguintes, Penelope e eu nos tornamos o assunto mais quente da Escola Reardan. A bem da verdade, não passamos a ser propriamente um par romântico. Éramos mais como amigos com um bom potencial. Mas, mesmo assim, foi muito legal.

Todos ficaram absolutamente chocados com o fato de Penelope ter me escolhido como seu novo amigo. Não que eu seja um mutante ou coisa assim, mas na escola me consideram um cara bastante estranho.

E sou índio.

E o pai de Penelope, Earl, é racista de carteirinha.

Na primeira vez em que nos encontramos, ele foi logo dizendo:

— Menino, é melhor que você fique com as mãos longe das calcinhas da minha filha. Ela só está namorando você porque sabe que isso me tira do sério. Então eu vou ficar na minha, porque se eu ficar na minha, ela para de te namorar logo, logo. Enquanto isso não acontecer, fique com esse zíper fechado, porque se você não botar pra fora o que tem aí dentro, eu não vou ter que te dar um soco no estômago.

E vocês pensam que ele parou por aí? Teve mais.

— E olha aqui, moleque, se minha filha engravidar, se vocês fizerem aí um bebê escurinho, eu deserdo ela. Ponho ela pra fora de casa a chutes e você vai ter que levar ela pra sua mamãe e seu papai. Você ouviu bem o que eu disse, não? É só isso o que eu tenho a te dizer.

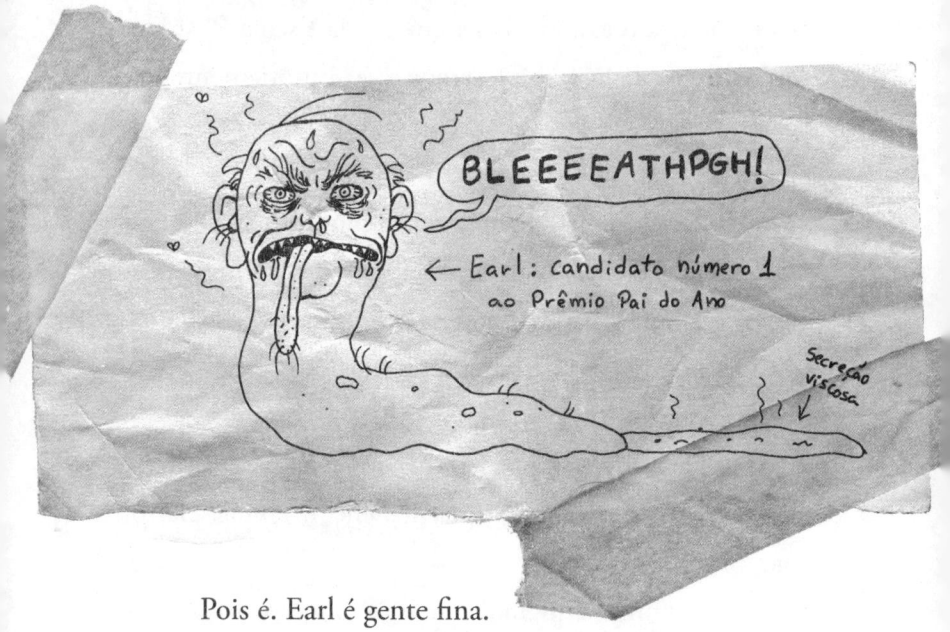

BLEEEEATHPGH!

← Earl: candidato número 1 ao Prêmio Pai do Ano

Secreção viscosa

Pois é. Earl é gente fina.

Então, é isso. Penelope e eu nos tornamos o assunto do momento porque estávamos desafiando o poderoso Earl.

Vocês devem estar pensando que Penelope me namorava SÓ porque eu era a pior escolha que ela podia fazer, que provavelmente ela me namorava SÓ porque eu era um índio.

Está bem, na verdade ela só estava me seminamorando. Nós ficávamos de mãos dadas só de vez em quando e, só de vez em quando, rolava um beijinho. Nada mais que isso.

Não sei o que eu representava para ela.

Acho que ela estava entediada de ser a menina mais bonita, mais inteligente e mais popular do mundo. Ela queria alguma coisa meio doida, sabe? Queria se sujar um pouco de barro.

E eu era o barro.

Mas, convenhamos, de certa forma eu a usava também.

Afinal de contas, passei, de uma hora para outra, a ser popular.

Desde que Penelope declarou publicamente que eu era atraente o bastante para QUASE ser seu namorado, todas as outras meninas da escola decidiram que eu era atraente também.

Desde que passei a andar de mãos dadas com Penelope e a me despedir dela com um beijinho quando ela entrava no ônibus escolar para ir para casa, todos os outros meninos da escola decidiram que eu era um garanhão.

Até mesmo os professores começaram a prestar mais atenção em mim.

Eu me tornei misterioso.

Como era possível que eu, o índio bobão, conquistasse um pedacinho do coração de Penelope.

Qual era o meu segredo?

Minha aparência era diferente da de todos os outros; meus sonhos, minha maneira de falar e de andar eram diferentes.

Eu era a novidade.

Se quisermos ser biológicos pra valer, podemos dizer que eu era um excitante acréscimo ao pool genético de Reardan.

Bem, essas eram as razões óbvias pelas quais Penelope e eu nos tornamos amigos. Todas elas razões superficiais. Mas, o que dizer das razões profundas?

— Arnold — disse ela um dia depois das aulas —, eu odeio esta cidadezinha. Ela é pequena demais. Tudo aqui é pequeno. As pessoas têm ideias pequenas. Sonhos pequenos. Todos só querem se casar por aqui e ficar por aqui mesmo para sempre.

— O que você quer fazer? — perguntei.

— Eu quero sair daqui logo que puder. Acho que nasci com uma mala para andar pelo mundo.

Pois é. Era assim mesmo o jeito dela de falar. Exagerado e dramático. Tive vontade de zombar dela, mas ela estava sendo tão sincera.

— Para onde você quer ir? — perguntei.

— Para todo lugar. Quero caminhar na Grande Muralha da China. Quero ir até o topo das pirâmides do Egito. Quero nadar em todos os oceanos. Quero escalar o monte Everest. Quero ir a um safári na África. Quero andar em um trenó puxado por cães na Antártica. Quero tudo isso e muito mais. Quero tudo.

Os olhos dela tinham uma expressão estranha e distante, como se ela estivesse hipnotizada.

Eu ri.

— Não ria de mim.

— Eu não estou rindo de você — falei. — Estou rindo dos seus olhos.

— É este o problema — disse ela. — Ninguém me leva a sério.

— Ora, convenhamos, é meio difícil levar a sério essa história de Grande Muralha da China, Egito e coisa assim. Isso tudo é muito vago. Não são sonhos reais.

— São reais para mim — disse ela.

— Por que você não para de falar em sonhos e me diz o que realmente quer fazer com sua vida? — pedi. — Simplifique.

— Eu quero ir para Stanford estudar arquitetura.

— Puxa, isso é legal — disse eu. — Mas por que arquitetura?

— Porque quero construir alguma coisa bonita. Porque quero ser lembrada.

Eu não podia zombar dela por esse seu sonho. Era o meu sonho também. Não se esperava que meninos índios tivessem sonhos assim. E tampouco se esperava que meninas brancas de cidadezinhas do interior tivessem sonhos grandiosos assim.

Esperava-se que fôssemos felizes dentro das nossas limitações. Mas Penelope e eu não ficaríamos parados ali. Não, tanto ela quanto eu queríamos alçar voo.

As penas auxiliares da cauda do arnelope australiano plumoso tornam o pássaro perfeitamente equipado para voos de longa distância a grandes altitudes.

— Quer saber de uma coisa? — disse eu — Acho muito bacana essa sua vontade de viajar mundo afora. Mas você não vai chegar nem na metade do caminho se não se alimentar direito.

Ela sofria e eu a amava. Isto é, meio que a amava, acho. Por isso eu tinha que amar também o sofrimento dela.

O que eu mais gostava, mesmo, era de ficar olhando para ela. Acho que é disso que todo menino gosta, não? E os homens também. De ficar olhando as meninas e as mulheres. Nós não desgrudamos os olhos delas. E era isso o que eu via quando ficava olhando para Penelope.

Penelope
com o chapéu velho do pai

Será que eu não deveria olhar tanto? Seria isso romântico? Não sei. Mas não dava para eu me controlar.

Talvez eu não entenda nada de romantismo, mas de beleza entendo um pouco.

E olha, cara, Penelope era linda demais.

Alguém pode me criticar por ficar olhando para ela o dia todo?

Rowdy me dá conselhos sobre o amor

Vocês já ficaram apreciando uma mulher bonita jogar vôlei?

Ontem, durante o jogo, Penelope se preparava para dar um saque e eu fiquei olhando para ela como quem aprecia uma obra de arte.

Ela usava camiseta branca e short branco e eu podia ver os contornos de seu sutiã branco e de sua calcinha branca.

A pele dela era muito branca. Branca como leite. Como uma nuvem.

Então ela era branca com branco, com branco, como a mais perfeita sobremesa de baunilha que já se viu.

Tive vontade de ser sua cobertura de chocolate.

O saque era contra as meninas cruéis do Davenport Lady Gorillas. Sim, vocês leram corretamente. Elas se chamavam, por vontade própria, de Lady Gorillas. E jogavam como primatas superfortes, também. Penelope e suas companheiras de time estavam sendo massacradas. O placar era algo como 12 a 0 no primeiro set.

Mas eu não me importava com isso.

Eu só queria ficar apreciando a suada Penelope suar seu suor perfeito em um jogo suado, naquele dia perfeitamente suarento.

Ela estava parada na linha de saque. Quicou a bola no chão algumas vezes para entrar no ritmo e depois a lançou no ar, acima de sua cabeça.

Seus olhos azuis acompanharam o percurso da bola. Concentração absoluta. Como se aquela bola de vôlei fosse a coisa mais importante do mundo. Senti ciúmes da bola. Desejei ser aquela bola.

Enquanto a bola atravessava o ar, Penelope fez um movimento de torção para trás com os quadris, lançou o braço direito para trás e para o alto, serpenteando o corpo como uma linda cobrinha. Os músculos de suas pernas estavam retesados, perfeitamente delineados.

Quase desmaiei quando ela deu o saque. Utilizando-se de todos aqueles movimentos de torção e de flexão e de concentração, ela lançou a bola violentamente e marcou um ponto de saque contra as Lady Gorillas.

E aí Penelope deu um soco no ar e gritou:

— Ponto!

Absolutamente maravilhosa.

Mesmo sem saber se teria resposta, eu não sabia o que fazer com tanta emoção, por isso fui até o laboratório de computação e mandei um e-mail para Rowdy. Há cinco anos ele mantém o mesmo endereço eletrônico.

"Oi, Rowdy", escrevi. "Estou apaixonado por uma menina branca. Que devo fazer?"

Uns minutos depois, Rowdy respondeu.

"Oi, otário. Já estou de saco cheio com índios que tratam mulheres brancas como troféus de boliche. Não tem nada melhor para fazer, não?"

Bem, isso não me ajudou em nada. Perguntei então ao Gordy o que fazer do meu amor por Penelope.

— Eu sou índio. Como é que faço para uma menina branca gostar de mim?

— Deixe-me pesquisar um pouco — disse Gordy.

Passados alguns dias, ele me fez um relato sucinto do que achou.

— Oi, Arnold — disse ele —, procurei no Google "apaixonado por menina branca" e encontrei um artigo sobre uma menina branca chamada Cynthia que desapareceu no México no verão passado. Você se lembra da foto dela nos jornais e de todo mundo dizendo que aquilo era muito triste, não?

— É... tenho uma vaga lembrança — disse eu.

Gordy
(e seu tesão metafísico)

— Pois bem, o tal artigo diz que mais de duzentas meninas mexicanas desapareceram nos últimos três anos naquela parte do país. E ninguém fala muito sobre isso. E o artigo diz que se trata de racismo. O cara que escreveu o artigo diz que as pessoas se importam mais com meninas brancas e bonitas do que com qualquer outro tipo de pessoa do planeta. Meninas brancas têm esse privilégio. São damas indefesas.

— E o que isso significa no meu caso? — perguntei.

— Acho que significa que você é um pateta racista como todo mundo.

Uau!

À sua maneira, Gordy, o Rato de Biblioteca, era tão durão quanto Rowdy.

Dance, dance, dance

✻

Com essa história de viver entre Reardan e Wellpinit, entre a cidadezinha de brancos e a reserva, eu sempre me sentia um estranho.

Eu era meio índio em um lugar, e meio branco no outro.

Como se ser índio fosse meu emprego, mas um emprego de meio expediente. E que não pagava bem.

A única pessoa que fazia com que eu me sentisse bem o tempo todo era Penelope.

Bem, talvez eu não devesse dizer isso.

Sim, porque minha mãe e meu pai davam um duro danado por minha causa. Estavam sempre catando dinheiro aqui e ali, economizando para a gasolina, para o dinheiro do lanche, para me comprar calça jeans e camisetas novas.

Meus pais me davam dinheiro suficiente, não mais que isso, para que eu fingisse que tinha mais.

Eu mentia para esconder como eu era pobre.

Todo mundo em Reardan achava que nós, spokanes, ganhávamos muito dinheiro porque tínhamos um cassino. Mas aquele cassino, sempre mal administrado e longe demais de qualquer estrada importante, era um negócio deficitário. Para ganhar algum dinheiro com o cassino, era preciso trabalhar lá.

E os brancos sempre acham que o governo dá dinheiro aos índios.

Como os meus colegas e os pais deles achavam que eu tinha muito dinheiro, eu nada fazia para que eles pensassem o contrário. Achei que não seria bom para mim se eles soubessem como eu era pobre.

O que pensariam de mim se soubessem que às vezes eu tinha que pedir carona para chegar à escola?

Pois é. Então eu fingia ter sempre algum dinheiro. Fingia ser classe média, fazer parte do esquema.

Ninguém sabia a verdade.

Mas ninguém consegue manter uma mentira eternamente, é claro. Mentiras têm pernas curtas. Quando são apanhadas, morrem e deixam um fedor danado.

Como fingir que você não é pobre
1¢
Sem dinheiro para o lanche?
Eu também não estou com fome mesmo...
Rrrrrrrr
Passeio da escola? Festinha?
Não vai dar... pois é, estou passando muito mal... cof cof...
Quermesse?
Parecem deliciosos, mas os NATIVOS AMERICANOS são alérgicos a açúcar...
$
Todos têm o último modelo de iPod?
Sou das antigas.
Uma desculpa que serve para tudo
Vai ter uma CERIMÔNIA INDÍGENA na reserva...
Que pena, cara, vamos sentir sua falta...

Em dezembro, levei Penelope para o Grande Baile de Inverno da escola. O problema era que eu só tinha cinco dólares, o que não dava nem para começo de conversa. Não dava para as fotos, nem para a comida, nem para rachar a gasolina, nem mesmo para um cachorro quente com refrigerante. Se fosse uma festa qualquer, um baile comum, eu inventava uma doença e ficava em casa. Mas eu não podia deixar de ir ao Grande Baile de Inverno. Se eu não levasse Penelope, ela certamente iria com outro.

Como eu não tinha dinheiro para a gasolina, e porque eu não poderia mesmo dirigir o carro ainda que tivesse, e porque eu não queria ir com outro casal, disse a Penelope que a encontraria na porta do ginásio. Ela não ficou muito feliz com isso.

Mas o pior foi que tive que usar um dos ternos velhos do meu pai.

Eu temia que as pessoas zombassem de mim, certo? E provavelmente teriam zombado se Penelope não tivesse logo gritado de alegria quando me viu entrar no ginásio.

— Oh, meu Deus! — gritou ela para que todos ouvissem. — Este terno é lindo! É tão retrô! É tão retroativo que chega a ser radioativo!

E todos os carinhas do lugar imediatamente desejaram ter um terno estropiado de poliéster como o do meu pai.

POLIÉSTER cor de ferrugem (deliciosamente áspero e quente)

EU, como um involuntário FÃ MALUCO DE MÚSICA DISCO

nota: ← a gravata tem bolinhas E listras

Papai comprou este terno na década de 1970

↗ boca de sino (naturalmente) →

E supus que todas as garotas do lugar tivessem ficado sem ar e excitadas ao verem a calça boca de sino do meu pai.

Assim, embevecido com meu súbito sucesso, fui logo fazendo uns movimentos de disco dance que provocaram gritos histéricos da turma.

Até mesmo Roger, o sujeito cuja cara eu havia socado, ficou subitamente meu amigo.

Penelope e eu estávamos tão felizes com a vida, e tão felizes por estarmos JUNTOS, que apesar de nosso namoro ter um quê de insólito, dançamos todas as músicas.

Dezenove danças; dezenove músicas.

Doze rápidas; sete lentas.

Onze músicas country; cinco rocks; três hip hops.

Foi a melhor noite da minha vida.

É claro que suei pra burro dentro daquela roupa de poliéster.

Mas isso não importava. Penelope me achava bonito, portanto eu me sentia bonito.

E aí a festa acabou.

As luzes foram se acendendo.

Penelope subitamente se deu conta de que não tínhamos tirado nossa foto com aquele fotógrafo profissional.

— Oh, meu Deus! — exclamou ela. — Esquecemos de tirar nossas fotos! Droga.

Ela ficou triste por alguns instantes, mas logo chegou à conclusão de que havia se divertido tanto naquele noite que uma fotografia não acrescentaria nada. Não expressaria o que a noite havia sido.

Senti um profundo alívio por não termos nos lembrado. Eu não teria dinheiro para pagar ao fotógrafo. Eu tinha pensado nisso. Tinha até ensaiado uma fala sobre ter perdido a carteira.

Eu havia atravessado bravamente a noite sem revelar minha pobreza.

Minha ideia era acompanhar Penelope até o pátio de estacionamento, onde o pai dela a estaria esperando no carro. Eu lhe daria um beijinho inocente no rosto (porque o pai dela me daria um tiro se eu desse um daqueles beijos de língua diante dele). Depois eu acenaria um adeus quando o carro partisse. E aí eu ficaria de bobeira por ali até que todos se fossem. Só então eu tomaria o rumo de casa, a pé, no escuro. Era sábado e eu sabia que alguma família da reserva estaria voltando de Spokane. E eu sabia que me dariam uma carona.

Bem, este era o meu plano.

Mas as coisas mudaram. As coisas sempre mudam.

Roger e uns outros amigos, os caras mais legais da escola, decidiram formar um grupo para ir à cidade comer panquecas em um lugar lá que ficava aberto vinte e quatro horas. De repente, aquela se tornou a ideia mais interessante do mundo.

O grupo era só de alunos dos últimos anos.

Mas Penelope era tão popular, apesar de caloura, e eu era tão popular, por associação, apesar de calouro também, que Roger nos convidou para ir com o grupo.

Penelope ficou maravilhada com a ideia.

Senti um aperto na boca do estômago.

Só tinha cinco dólares no bolso. Comprar o quê com cinco dólares? Talvez um prato de panquecas. Se tanto.

Eu estava perdido.

AS PANQUECAS da RUÍNA
O PRATO do DESTINO
A manteiga da vergonha
A calda do Arrependimento

— E aí, Arnie? — perguntou Roger. — Quer vir se empanturrar de carboidrato com a gente?

— O que você acha, Penelope? — perguntei.

— Oh, eu quero ir! Eu quero ir! — exclamou ela. — Esperem aí que eu vou pedir ao papai.

Cara, vi ali minha única salvação. Eu só podia torcer para que Earl não a deixasse ir. Somente Earl poderia me salvar.

Eu contava com Earl! Por aí dá para ver como minha vida estava precária naquele momento!

Penelope saiu saltitando em direção ao carro do pai.

— Ei, Penúltima — disse Roger. — Eu vou com você. Vou falar com o Earl que vocês vão no meu carro. Depois eu deixo vocês em casa.

O apelido que Roger colocou em Penelope era Penúltima. Devia ser a palavra mais difícil que ele conhecia. Eu odiava o fato de ele ter um apelido para ela. E quando vi os dois andando juntos até o carro de Earl, achei que faziam um belo par. Tinham tudo a ver um com o outro. Era como se devessem ser um casal.

E depois que eles descobrissem que eu era um índio duro, aí mesmo é que eles formariam um casal.

Vamos lá, Earl! Vamos lá! Vamos lá! Diga que não! Parta o coração da sua filhinha!

Mas Earl gostava de Roger. Todos os pais gostavam de Roger. Ele era o melhor jogador de futebol americano que haviam visto. É claro que o amavam. Seria antiamericano não amar o melhor jogador de futebol americano.

Imaginei Earl dizendo que sua filha só poderia ir se fosse Roger e não eu o cara a enfiar a mão na calcinha dela.

Eu estava com raiva, com ciúmes e absolutamente apavorado.

— Eu posso ir! Eu posso ir! — gritou Penelope correndo em minha direção e me dando um abraço apertado.

Uma hora mais tarde, éramos umas vinte pessoas sentadas no Denny's de Spokane.

Todo mundo pediu panquecas.

Pedi panquecas para Penelope e para mim. E pedi suco de laranja e café e torradas e chocolate quente e batata frita também, apesar de saber que eu não tinha dinheiro para pagar por nada daquilo.

Como aquela seria minha última refeição antes da execução, ia comer um banquete.

Em meio à refeição, fui ao banheiro.

Achei que talvez fosse vomitar, por isso me ajoelhei diante do vaso. Mas só tive ânsias de vômito.

Roger entrou no banheiro e me ouviu.

— Ei, Arnie — disse ele — Você está bem?

— É... — disse eu. — Só estou cansado.

— Então tudo bem, cara — disse ele. — Gostei de vocês terem vindo com a gente. Você e Penúltima são um casal muito legal.

— Você acha mesmo?

— Claro. Você já está transando com ela?

— Olha, prefiro não falar sobre isso, sabe?

— Você está certo, cara. Não é da minha conta. Ei, você vai tentar entrar para o time de basquete?

Eu sabia que o time começaria a treinar dentro de uma semana. Mas não sabia se o treinador gostava de índios.

— Vou ver se dá — disse.

— Você é bom no basquete?

— Não faço feio.

— Acha que tem chance de entrar para a seleção da escola?

— Nem pensar — falei. — Devo ir mesmo para a equipe de juniores.

— Então está bem — disse Roger. — Vai ser bom ter você lá. Estamos precisando de sangue novo.

— Obrigado, cara — respondi.

Incrível como aquele cara era legal. Ele era ... ele era GENTIL! Quantos jogadores de futebol americano vocês conhecem que são gentis? E bondosos? E generosos assim?

Aquilo era surpreendente.

— Escute aqui, cara — disse —, o motivo de eu estar quase vomitando ali é que...

Pensei em contar toda a verdade, mas não consegui.

— Aposto que está doente de amor — disse Roger.

— Não, bem, sim, talvez — disse. — Mas o problema de meu estômago estar assim é que eu, ahm, esqueci minha carteira. Deixei todo o meu dinheiro em casa, cara.

— Puxa! — disse Roger. — Cara, não se preocupe com uma bobagem dessas. Você deveria ter dito isso antes. Eu te dou cobertura, é claro.

Ele abriu a carteira e me deu quarenta dólares.

Céus! Quarenta!

Que tipo de sujeito pode tirar quarenta dólares da carteira assim e dar para outro?

— Depois eu te pago, cara. — disse eu.

— Sem pressa, cara. O importante agora é você se divertir, certo?

Voltamos juntos para a mesa, acabamos de comer e Roger me levou de volta para a escola. Eu disse a ele que meu pai ia me pegar em frente ao ginásio.

— Cara — disse ele —, são três da madrugada.

— Vem mesmo — disse. — Meu pai trabalha no turno da noite. Vem direto do trabalho.

— Verdade mesmo?

— Claro. Tudo certo.

— Então eu deixo a Penúltima em casa.

— Perfeito.

Penelope e eu saímos do carro para uma despedida em particular. Ela tinha olhos de laser.

— Roger me disse que te emprestou dinheiro — foi ela logo dizendo.

— É. Esqueci a carteira em casa.

Seus olhos de laser ficaram ainda mais quentes.

— Arnold?

— Que foi?

— Posso te fazer uma pergunta difícil?

— Acho que pode. Faz.

— Você é pobre?

Eu não podia mais mentir para ela.

— Sou — disse eu. — Sou pobre.

"Você é pobre?"
Possíveis respostas:
1
Não.
2
Sim.
3
Pode? Pode o quê?
Não entendi.
4
Bem... o conceito de pobreza é relativo... teóricos da História acreditam que quando se define uma certa renda em relação à capacidade de produção, as estatísticas se complicam...
Permita-me a digressão...
5
Ahhhhh!
O que é aquilo ali?
Fuga estratégica

Imaginei que ela me daria as costas e sairia da minha vida naquela hora mesmo. Mas ela não fez isso. Em vez de ir embora, ela me beijou. No rosto. Pobres não merecem beijos na boca, pensei. Eu ia gritar com ela por ser uma menina fútil, mas aí me dei conta de que ela estava sendo minha amiga. Aliás, muito minha amiga. Ela estava preocupada comigo. Eu só pensava nos seios dela e ela pensava na minha vida. Eu é que era fútil.

— Foi Roger que concluiu que você era pobre — disse ela.

— Que maravilha! Agora ele vai sair contando pra todo mundo.

— Ele não vai contar pra ninguém. Roger gosta de você. Ele é um bom sujeito. É como se fosse meu irmão. Ele pode ser seu amigo também.

Seria bom. Eu precisava de um amigo mais do que de meus sonhos eróticos.

— O seu pai vem mesmo pegar você? — perguntou ela.

— Vem.

— Você está dizendo a verdade?

— Não.

— Como é que você vai chegar em casa? — perguntou ela.

— Costumo ir a pé. Pego carona. Quase sempre passa alguém que me dá uma carona. Só tive que ir andando mesmo até em casa umas poucas vezes.

Ela começou a chorar.

POR MIM!

Quem diria que lágrimas de pena pudessem ser tão sexy?

— Oh, meu Deus, Arnold, você não pode fazer isso — disse ela. — Não vou deixar que faça isso. Você vai congelar. Roger vai levar você até sua casa. Fará isso com prazer.

Tentei segurá-la, mas Penelope correu até o carro de Roger e disse a ele a verdade.

E Roger, um cara de coração bondoso, bolso generoso e só um pouquinho racista, me levou de carro para casa naquela noite.

E muitas noites depois daquela também.

Se você permitir que as pessoas entrem na sua vida um pouquinho, elas podem ser um bocado surpreendentes.

Não confie em seu computador

❋

Hoje na escola me bateu uma saudade danada de Rowdy, por isso fui até o laboratório de computação, tirei uma foto digital da minha cara sorrindo e mandei por e-mail para ele.

Poucos minutos depois, ele me manda por e-mail uma foto digital da bunda dele, pelada. Não sei como ele tirou aquela foto.

Ela me fez rir.

E me deixou deprimido, também.

Rowdy sabia ser doido, engraçado e revoltante ao mesmo tempo. Meus colegas de Reardan pensavam tanto nas notas que tiravam, em esportes e NO FUTURO DELES que às vezes agiam como homens de negócios, coroas que vivem com seus celulares enfiados nos intestinos.

Rowdy era o oposto de uma pessoa reprimida. Era exatamente o tipo de sujeito capaz de mandar por e-mail para o mundo sua bunda pelada (e qualquer outra parte do corpo).

— Ei — disse Gordy —, isso aí é o traseiro de alguém?

Traseiro! Ele disse mesmo "traseiro"?

— Gordy, cara — respondi —, isto definitivamente não é um traseiro. Isto é uma bunda fedorenta. Dá para sentir o cheiro dessa coisa até pelo computador.

— Mas de quem são essas nádegas? — perguntou ele.

— Permita-me que lhe apresente meu melhor amigo, Rowdy. Bem, ele era meu melhor amigo. Agora ele me odeia.

— Mas por que ele te odeia? — perguntou ele.

— Porque eu saí da reserva — respondi.

— Mas você ainda mora lá, não? Você só está estudando aqui.

— Eu sei, eu sei, mas alguns índios acham que o cara tem que agir como branco para melhorar de vida. Alguns índios acham que o cara *vira branco* se ele tenta melhorar de vida, se ele tem algum sucesso na vida.

— Se isso fosse assim, então todos os brancos não teriam sucesso na vida?

Esse Gordy era um cara inteligente. Eu gostaria de poder levá-lo até a reserva para que ele fizesse a cabeça de Rowdy. É claro que Rowdy ia socar a cabeça do Gordy até que ele tivesse morte cerebral. Ou, quem sabe, talvez Rowdy, Gordy e eu nos tornássemos um trio de super-heróis que lutaria pela verdade e pela justiça dos americanos nativos. Sei que teria problemas por Gordy ser branco, mas qualquer um passa a agir como índio se ficar algum tempo entre nós.

— As pessoas da reserva — falei —, muitos deles me chamam de maçã.

— Pensam que você é um "frutinha" ou coisa assim? — perguntou ele.

— Não, não — respondi. — Eles dizem que sou maçã porque acham que sou vermelho por fora e branco por dentro.

— Ah, então acham que você é traidor.

— É isso aí.

— Bem, a vida é uma luta constante entre ser um indivíduo e ser um membro da comunidade.

Dá para acreditar que existam meninos que dizem coisa assim? Ele parecia até um professor universitário, encantado com o som da própria voz.

— Gordy — disse eu. — Não entendo o que você está querendo dizer.

— Bem, no começo, a comunidade era nossa única proteção da ameaça dos predadores e da fome. Sobrevivemos porque confiamos uns nos outros.

— E daí?

— E daí que, desde aquela época, as pessoas esquisitas representavam uma ameaça à força da tribo. Se você não fosse bom para fazer comida, abrigo ou bebês, era atirado para fora da tribo e teria que se virar sozinho.

— Mas nós não somos mais primitivos.

— Ah, sim, nós somos. Gente esquisita continua a ser banida.

— Você quer dizer gente esquisita como eu? — perguntei.

— E eu — disse Gordy.

— Então está bem — concordei. — Somos uma tribo de dois.

Tive um súbito impulso de abraçar Gordy e ele teve um súbito impulso de evitar que eu o abraçasse.

— Não fique sentimental — disse ele.

É isso aí. Até mesmo os meninos mais esquisitos têm medo de suas emoções.

Minha irmã me manda uma carta

✳

Querido Junior,

Ainda estou procurando emprego. Estão sempre me dizendo que não tenho experiência de trabalho. Mas como posso ter experiência de trabalho se não me dão oportunidade de ter experiência? Enfim, deixemos isso pra lá. Eu tenho muito tempo livre, por isso comecei a escrever a história da minha vida. Juro! Não é uma loucura? Acho que vou dar o título de COMO FUGIR DE SUA CASA E ENCONTRAR SEU LAR.

O que você acha?

Diga a todos que eu os amo e que sinto saudades deles!

Um beijo,
Sua Mana!

P.S. E nos mudamos para nossa casa nova.
É o lugar mais deslumbrante do mundo!

Feito a partir da foto que ela me enviou de sua "nova residência deslumbrante"

CERVA

MATADORES DE ÍNDIOS: CUIDEM-SE

NOITE DOS 3 CÃES

ORGULHO INDÍGENA

MEU OUTRO CARRO É UMA BMW

O PODER DO PÃO FEITO

Parece um bandejão de lata

Joguinho divertido

✻

Eu quase não fui fazer o teste para o time de basquete da escola. Achava que não era bom o suficiente para entrar sequer na reserva da reserva da equipe C. E eu não queria ser rejeitado. Não conseguiria viver com tal humilhação.

Mas meu pai me fez mudar de ideia.

— Você sabe como foi que conheci sua mãe? — perguntou ele.

— Vocês dois são da mesma reserva, não? — disse eu. — Então foi aqui mesmo. Manda outra pergunta, que essa foi fácil.

— Mas eu só me mudei para a reserva quando tinha cinco anos de idade.

— E daí?

— E daí que sua mãe tem oito anos a mais do que eu.

— Tudo bem, pai, mas vai direto ao assunto.

— Sua mãe tinha treze anos e eu tinha cinco quando nos conhecemos. E, adivinhe como nos conhecemos.

— Como?

— Ela me carregou para que eu bebesse água no bebedouro.

— Essa história está me parecendo que vai ficar imprópria para menores — disse eu.

— Eu era pequenininho — disse ele — e ela me levantou para que eu bebesse água. Imagine só, tantos anos depois estamos casados e temos um casal de filhos.

— E o que tem isso a ver com basquete?

— A pessoa precisa sonhar alto para alcançar o que está no alto.

— Isso é muito otimismo vindo do senhor, Pai.

— Bem, sabe como é... Sua mãe me ajudou a beber no bebedouro ontem à noite, se é que você entende o que estou dizendo.

Só pude fazer uma careta para meu pai, pois nada tinha a dizer.

Aliás, esta é mais uma coisa que as pessoas não sabem sobre os índios: nós adoramos falar coisas obscenas.

Seja como for, me inscrevi no teste para o time de basquete.

Ao entrar na quadra da escola pela primeira vez, eu me senti baixinho, magricela e lento.

Todos os meninos brancos eram bons. Alguns eram enormes.

Tinham mais de 1,90m.

Roger, o Gigante, era forte, rápido e bom de cesta.

Tentei não ficar no caminho dele. Se ele me atropelasse, eu certamente morreria. Mas ele sorria o tempo todo, jogava com disposição e me dava tapas nas costas.

Ficamos todos fazendo cestas por algum tempo. E então o treinador entrou na quadra.

Os quarenta meninos IMEDIATAMENTE pararam de bater bola e de falar. Ficamos em silêncio, todos ao mesmo tempo.

— Quero agradecer a vocês por terem vindo aqui hoje — disse o treinador. — Vocês são quarenta, mas só temos vaga para doze na equipe principal e doze para a equipe de juniores.

Eu sabia que não ia entrar para nenhuma das equipes. Eu era material para a equipe C, sem dúvida alguma.

— Em outros anos, tivemos também uma equipe C com doze atletas — disse o treinador. — Mas este ano não temos orçamento para ela. Isso significa que terei que cortar dezesseis jogadores hoje.

Uns vinte caras estufaram o peito. Sabiam que eram bons o suficiente para entrar em uma das duas equipes — a principal ou a dos juniores.

Os outros vinte baixaram a cabeça. Sabíamos que éramos cortáveis.

— Eu realmente detesto fazer isso — disse o treinador. — Se dependesse de mim, eu ficaria com todos vocês. Mas não depende de mim. Por isso vamos fazer o que for possível hoje aqui, está bem? Vocês jogam com dignidade e respeito, e eu tratarei vocês com dignidade e respeito, certo?

Todos concordamos.

— Então está bem. Vamos começar — disse o treinador.

A primeira prova foi uma maratona. Bem, não exatamente uma maratona. Tivemos que dar cem voltas correndo pelo ginásio. Éramos quarenta no início.

E trinta e seis no fim.

Depois de cinquenta voltas, um cara desistiu, e como a desistência é contagiosa, três outros pegaram a doença e abandonaram a corrida também.

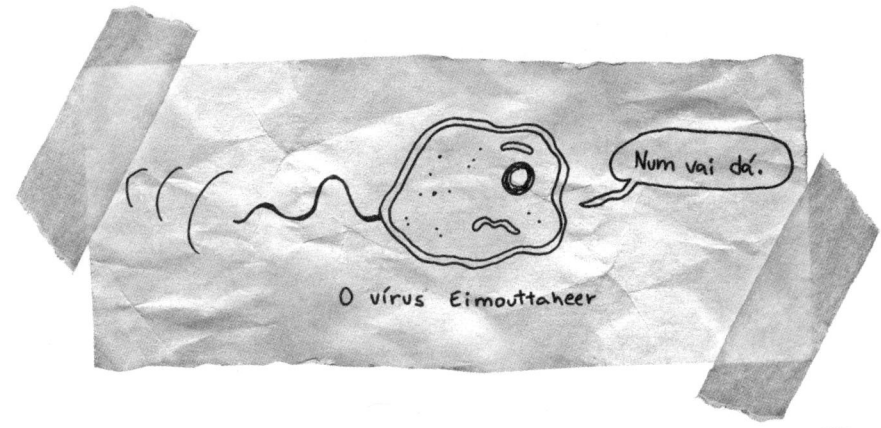

O vírus Eimouttaheer — "Num vai dá."

Essa eu não entendi. Por que alguém ia querer entrar para uma equipe de basquete se não queria correr?

Mas, por mim, tanto melhor. Afinal, agora só faltavam doze para serem cortados. Eu só precisava ser melhor do que doze.

Bem, depois daquela corrida, estava todo mundo morto.

Mas o treinador nos mandou logo para a quadra jogar um contra um.

É isso mesmo.

UM CONTRA UM NA QUADRA INTEIRA.

Aquilo foi tortura.

O treinador não fez por menos. O cara tinha que fazer de tudo. Veteranos contra calouros e vice-versa. Os gloriosos jogadores veteranos contra envergonhados perdedores como eu e vice-versa.

O treinador me atirou uma bola e disse:

— Vai!

Então eu me virei e fui quicando a bola diretamente para o outro lado da quadra.

Um erro.

Roger facilmente roubou a bola e saiu correndo com ela na direção oposta.

Envergonhado, congelei onde estava.

— O que é que você está esperando? — gritou o treinador para mim. — Vá atrás da bola.

Assim despertado, corri atrás de Roger, mas ele já havia enterrado a bola na cesta antes que eu conseguisse chegar perto dele.

— Outra vez — disse o treinador.

Dessa vez foi Roger quem tentou atravessar a quadra direto. Eu estava na defesa e me coloquei na frente dele, músculos retesados, braços abertos, maxilares trancados.

E aí Roger me atropelou. Fui me estatelar do outro lado.

Ele seguiu adiante e enterrou a bola de novo enquanto eu continuava caído no chão.

O treinador se aproximou e ficou me olhando ali.

— Como é seu nome, menino? — perguntou ele.

— Arnold — respondi.

— Você não é da reserva?

— Sou.

— Você não jogava basquete lá?

— Jogava. Na equipe do oitavo ano.

O treinador ficou olhando para minha cara.

— Eu me lembro de você — disse ele. — Você é um bom arremessador.

— É. Sou.

O treinador continuou a estudar a minha cara, como se estivesse procurando alguma coisa nela.

— O Roger é bem maior que você.

— É. Ele é enorme.

— Você quer enfrentá-lo novamente? Ou precisa de um tempo para descansar?

Noventa por cento de mim queria descansar. Mas eu sabia que se fosse descansar jamais entraria para a equipe.

— Quero enfrentar ele agora — disse eu.

O treinador sorriu.

— Tudo bem — disse ele. — Roger! Vamos de novo.

Eu me levantei do chão. O treinador me atirou a bola e Roger veio em minha direção. O cara gritava e ria como um louco. Estava se divertindo pra caramba. E estava tentando me intimidar.

E ele realmente conseguiu me intimidar.

Fui quicando a bola com a mão direita em direção a Roger, sabendo que ele tentaria roubá-la de mim.

Se ele ficasse na minha frente e tentasse pegar a bola com a mão esquerda, eu não teria como passar por ele. Roger era grande e forte demais. Era inamovível. Mas ele tentou pegar a bola com a mão direita, e isso fez com que ele perdesse um pouco o equilíbrio, e assim pude contorná-lo. Fiz um 360 e parti a toda velocidade pela quadra. Ele veio colado em mim. Pensei que pudesse ser mais rápido do que ele, mas Roger me alcançou e me derrubou. E lá fui eu derrapando pela quadra afora de novo. A bola saiu quicando e foi para a arquibancada.

Eu deveria ter ficado ali no chão.

Mas não fiquei.

Dei um salto, corri até a arquibancada, agarrei a bola no ar de qualquer jeito e corri em direção a Roger, que estava bem embaixo da cesta.

Eu nem quiquei a bola.

Corri como um jogador de rugby.

Roger se agachou, pronto para me desarmar como se ele fosse também um jogador de rubgy.

Ele gritou; eu gritei.

E aí parei de repente, a uns quatro metros da tabela, e fiz uma cesta bem calminha, bem bonitinha.

Todo mundo que estava no ginásio aplaudiu, gritou, fez uma algazarra.

Roger ficou com raiva no começo, mas depois sorriu, agarrou a bola e saiu quicando para o outro lado da quadra.

Ele girava para um lado e para o outro, e eu colado nele. Ele me deu encontrões, empurrões, cotoveladas, e eu ali. Ele saltou para fazer a cesta e eu fiz uma falta. Mas eu acabara de aprender que NÃO HÁ FALTAS EM JOGO DE BASQUETE UM-CONTRA-UM, por isso agarrei a bola no ar e corri para o meu lado da quadra.

Mas o treinador apitou.

— Tudo bem, tudo bem, Arnold, Roger — disse o treinador. — Foi bom, foi bom. Os dois seguintes, os dois seguintes!

Fui para meu lugar no fim da fila e Roger ficou junto de mim.

— Bom trabalho — disse ele, estendendo para mim a mão fechada.

Bati com a minha mão fechada na dele. Eu era um guerreiro!

Foi aí que eu soube que entraria para a equipe.

E querem saber? Entrei para a equipe principal. Mesmo sendo novato. O treinador disse que eu era o melhor armador que ele já havia treinado. E que eu seria sua arma secreta. Seria sua arma de destruição em massa.

Ele adorava essas metáforas militares.

Duas semanas depois nós pegamos a estrada para nosso primeiro jogo da temporada. E nosso primeiro jogo foi contra a Wellpinit.

É isso aí.

Parecia até história de Shakespeare.

No dia do jogo acordei em minha casa na reserva e meu pai dirigiu trinta e cinco quilômetros para me levar a Reardan, a fim de que eu pudesse tomar o ônibus do time que me levaria de volta à reserva.

Loucura.

Preciso dizer a vocês que eu estava passando mal de tanto medo?

Vomitei quatro vezes naquele dia.

Quando nosso ônibus parou no estacionamento da escola, fomos recebidos por um bando de guris da escola. Alguns daqueles carinhas eram meus primos.

Eles atacaram nosso ônibus com bolas de neve. E algumas daquelas bolas estavam recheadas de pedras.

Quando saímos do ônibus e nos encaminhamos para o ginásio pudemos ouvir a multidão enlouquecida lá dentro.

Estavam repetindo um coro ritmado.

Eu não conseguia entender o que era.

E aí consegui.

Os torcedores bradavam "Arnold-é-pe-re-ba! Arnold-é-pe-re-ba! Arnold-é-pe-re-ba!"

Não estavam me chamando pelo meu nome na reserva, Junior. Não, eles me chamavam pelo meu nome em Reardan.

Parei.

O treinador olhou para mim.

— Tudo bem com você? — perguntou.

— Não — disse eu.

— Você não tem que jogar esta — disse ele.

— Tenho, sim — disse eu.

Na verdade, provavelmente eu teria voltado dali mesmo se eu não tivesse visto minha mãe, meu pai e minha avó esperando junto à entrada principal.

Eu sabia que eles aturaram tanta coisa quanto eu. E ali estavam eles prontos para aturar mais. Prontos para passar por tudo aquilo comigo.

Dois guardas da tribo estavam lá também.

Eu me dei conta de que estavam lá por segurança. Para segurança de quem, eu não sabia. Mas eles caminharam ao lado da nossa equipe.

Assim atravessamos o portão principal e entramos no ginásio ruidoso.

Que ficou imediatamente silencioso.

Absolutamente quieto.

Meus companheiros de tribo me viram entrar e pararam de gritar, de falar e até de se mover.

Acho que pararam de respirar.

E então, todos ao mesmo tempo, me viraram as costas.

Eu era o objeto inquestionável de seu desdém.

Fiquei impressionado. Meus colegas de equipe, também.

Principalmente Roger.

Ele apenas olhou para mim e deu um assovio.

Fiquei com raiva.

Se esses índios tivessem sido tão organizados quando eu estudava aqui, talvez eu tivesse tido mais razão para ficar.

Esse pensamento me deu vontade de rir.

Então eu ri.

E minha risada foi o único som em todos o ginásio.

Foi então que notei que o único índio que não tinha virado as costas para mim era Rowdy, que estava de pé no outro lado da quadra. Ele passava uma bola de basquete de uma mão para a outra pelas costas. De uma mão para a outra, de uma mão para a outra, sem parar. E me olhava com ódio.

Ele queria jogar.

Não queria dar as costas para mim.

Queria, mesmo, era acabar comigo, cara a cara.

Aquilo me fez rir mais.

Subitamente o treinador começou a rir comigo.

E meus colegas de equipe, também.

Foi rindo que atravessamos a quadra e entramos no vestiário a fim de nos prepararmos para o jogo.

Tão logo entrei no vestiário, quase desmaiei. Tive que me apoiar no armário. Sentia fraqueza e tonteira. E então chorei e fiquei com vergonha das minhas lágrimas.

Mas o treinador disse exatamente o que precisava ser dito.

— Está tudo bem — disse ele dirigindo-se a mim, mas falando para todo o grupo. — Quando uma coisa é muito importante para nós, ela pode nos fazer chorar. Mas a gente tem que usar as lágrimas. Use suas lágrimas. Use seu sofrimento. Use seu medo e se encha de raiva, Arnold, encha-se de raiva.

Eu me enchi de raiva.

E ainda estava cheio de raiva e chorando quando corremos para o aquecimento. Ainda estava com raiva quando o jogo começou. Fiquei no banco. Achava que não jogaria muito. Afinal de contas, eu era apenas um novato.

Mas na metade do primeiro quarto, com o placar empatado em 10, o treinador me mandou para a quadra.

Quando eu estava correndo para assumir minha posição, alguém da arquibancada jogou uma moeda de vinte e cinco centavos em mim. E ELA ME ATINGIU BEM NO ALTO DA TESTA!

O sangue começou a escorrer.

Eu estava sangrando, por isso não podia jogar.

O público me vaiou enquanto eu me encaminhava para o vestiário.

Fiquei lá sozinho, com o sangue escorrendo, até que Eugene, o melhor amigo do meu pai, chegou. Ele acabara de ser contratado como socorrista da clínica da reserva.

— Me deixe ver isso — disse ele, cutucando minha ferida.

— O senhor ainda tem aquela moto? — perguntei.

— Não. Acabei com ela em um acidente — disse ele, passando antisséptico no meu corte. — Está doendo?

— Pra burro.

— Ah, isso não é nada — disse ele. — Uns três pontos talvez. Vou levar você a Spokane para dar um jeito nisso.

— O senhor também me odeia? — perguntei.

— Não, cara. Você é legal — disse ele.

— Bom — disse eu.

— É uma pena que você não tenha jogado — disse Eugene. — Seu pai diz que você está jogando bem.

— Não tão bem quanto você — disse eu.

Eugene tinha sido um jogador famoso de basquete. As pessoas diziam que ele poderia ter jogado em um time de universidade, mas também diziam que ele não sabia ler.

Se o cara não sabe ler, não entra em time nenhum.

— Você vai pegar essa turma de jeito na próxima vez — disse Eugene.

— Costure minha testa.

— O quê?

— Costure minha testa. Quero entrar neste jogo ainda.

— Eu não posso fazer isso, filho. É seu rosto. Pode ficar uma cicatriz feia.

— Aí mesmo é que vão me respeitar — disse eu. — Vamos logo, costure.

Então Eugene costurou. Deu três pontos na minha testa e doeu pra burro, mas eu estava pronto para jogar o segundo tempo.

Estávamos perdendo por cinco pontos.

Rowdy havia sido um terror absoluto no primeiro tempo. Marcou vinte pontos, pegou dez rebotes e roubou a bola sete vezes.

— Aquele menino é bom — disse o treinador.

— Ele é o meu melhor amigo — disse eu. — Bem, ele era meu melhor amigo.

— E o que é ele agora?

— Não sei.

Marcamos os cinco primeiros pontos do terceiro quarto e então o treinador me mandou para a quadra.

Fui chegando e roubando um passe e partindo para a cesta.

Rowdy veio logo atrás de mim.

Saltei ouvindo os xingamentos de duzentos spokanes, e então só vi uma luz brilhante. Rowdy baixou com toda a força o cotovelo na minha cabeça. Caí, inconsciente.

Não me lembro de mais nada do que aconteceu naquela noite, por isso tudo que vou dizer sobre ela é informação de segunda mão.

Depois que Rowdy me nocauteou, as duas equipes se desentenderam e a partida virou um jogo de empurrões.

Os seguranças da tribo tiveram que tirar da quadra uns vinte a trinta adultos spokanes antes que algum deles agredisse um adolescente branco.

Rowdy recebeu uma falta técnica.

Por isso ganhamos dois tiros livres.

Não joguei nenhum deles, é claro, porque àquela altura já estava na ambulância de Eugene, com minha mãe e meu pai, a caminho de Spokane.

Depois de encestarmos os tiros livres, os dois juízes da partida começaram a se encolher de medo. Eram dois caras brancos de Spokane e ficaram absolutamente aterrorizados com o que aquela multidão de índios pudesse fazer. Por isso marcaram faltas técnicas contra quatro dos nossos jogadores por saírem do banco e ainda deram uma advertência ao nosso treinador por má conduta esportiva.

É isso mesmo. Cinco faltas técnicas. Dez lances livres.

Depois que Rowdy converteu o sexto ponto, o treinador pôs-se a xingar e gritar e foi expulso da quadra.

Wellpinit acabou vencendo por trinta pontos.

Eu acabei no hospital, com uma concussão leve.

É isso mesmo. Três pontos e uma concussão cerebral.

Minha mãe ficou fora de si. Ela achava que eu tinha sido assassinado.

— Eu estou bem — disse. — Só um pouco tonto.

— Mas, e a sua hidrocefalia? Seu cérebro já é bastante avariado.

— Poxa, Mãe, obrigado — respondi.

É claro que eu estava preocupado. Tinha medo de que meu cérebro avariado ficasse ainda mais avariado do que já era. Mas os médicos disseram que eu estava bem.

Quase.

Mais tarde, naquela noite, o treinador convenceu os enfermeiros a deixar que ele entrasse no meu quarto. Minha mãe, meu pai e minha avó estavam dormindo em suas cadeiras, mas eu estava acordado.

— Ei, cara — disse o treinador bem baixinho para não acordar minha família.

— Ei, chefe — disse eu.

— Sinto muito pelo que aconteceu no jogo — disse ele.

— Não foi culpa sua.

— Eu não deveria ter escalado você. Eu deveria ter cancelado o jogo de início. A culpa foi minha.

— Eu queria jogar. Eu queria vencer.

— Era só um jogo — disse ele. — Não valia tudo isso.

Mas ele estava mentindo. Dizia apenas o que achava que devia dizer. É claro que não era "só um jogo". Todo jogo é importante. Todo jogo é sério.

— Chefe — disse eu —, se eu pudesse saía deste hospital agora mesmo, ia andando de volta até Wellpinit para acabar de jogar.

O treinador sorriu.

— Vince Lombardi costumava dizer uma coisa de que eu gostava — disse ele.

— "O mais importante não é vencer ou perder" — disse eu — "é como você joga."

— Não era nessa que eu estava pensando, mas gosto dela. — disse o treinador — Mas é claro que Lombardi não estava sendo sincero. É claro que o melhor é ganhar.

Nós dois rimos.

— Eu gosto mais de outra — disse o treinador. — "A qualidade da vida de uma pessoa é diretamente proporcional ao compromisso dessa pessoa com a excelência, seja o que for que ela se proponha a fazer."

— Esta é boa.

— É perfeita para você. Eu nunca encontrei alguém tão comprometido com a excelência quanto você.

— Obrigado, Chefe.

— Não há de quê. Então tudo bem, rapaz. Cuide bem da sua cabeça, que eu vou embora, senão você não dorme.

— Ah, eu não devo mesmo dormir. Eles querem que eu fique acordado para poderem monitorar minha cabeça. Querem ter certeza de que está tudo bem.

— Bem, então se é assim — disse o treinador —, que tal se eu ficar aqui para te fazer companhia?

— Poxa, seria maravilhoso.

Então o treinador e eu ficamos acordados a noite toda.

Contamos muitas histórias um ao outro.

Mas eu nunca repito essas histórias.

Aquela noite pertence só a mim e ao meu treinador.

Feliz Natal

✻

Quando as festas de fim de ano chegaram, não tínhamos dinheiro algum para os presentes, por isso Papai fez o que sempre faz quando não temos dinheiro suficiente.

Ele pegou o pouco dinheiro que tínhamos e sumiu de casa para tomar um porre.

Saiu de casa na Noite de Natal e voltou no dia 2 de janeiro.

Com uma ressaca épica, ele caiu na cama e lá ficou, horas a fio.

— Oi, Pai — disse eu.

— Oi, filho — disse ele. — Sinto muito pelo Natal.

— Tudo bem — disse eu.

Mas não estava tudo bem. Tudo estava tão longe do bem o quanto podia estar. Se "tudo bem" estivesse na Terra, então eu estava em Júpiter. Não sei por que disse que estava tudo bem. Por algum motivo eu estava protegendo os sentimentos de um homem que havia partido meu coração novamente.

Poxa, eu deveria ganhar a Medalha de Prata das Olimpíadas de Filhos de Alcoólatras.

— Tenho uma coisa para você — ele disse.

— O quê?

— Está na minha bota.

Peguei uma de suas botas de caubói.

— Não. Está na outra — disse ele. — Debaixo daquela coisa que fica dentro do pé.

Peguei o outro pé de bota e meti a mão dentro. Cara, aquele troço fedia. Fedia a bebida, a medo, a fracasso.

Encontrei uma nota de cinco dólares úmida e toda amassada.

— Feliz Natal — disse ele.

Poxa!

Bêbado durante uma semana, meu pai deve ter querido muito gastar aqueles últimos cinco dólares. Um cara pode comprar uma garrafa do pior uísque por cinco dólares. Ele poderia ter usado aqueles cinco dólares para continuar bêbado mais um ou dois dias. Mas guardou os cinco dólares para mim.

Foi uma coisa linda e horrível.

— Obrigado, Pai.

Ele já estava dormindo.

— Feliz Natal — disse, e dei um beijo no rosto dele.

Vermelhos versus Brancos

❋

Vocês devem estar pensando que eu me apaixonei perdidamente pelos brancos e que nada vejo de bom nos índios.

Pois bem, enganam-se.

Eu amo minha irmãzona. Acho que ela é doida de pedra e impetuosa.

Desde que se mudou, ela me manda uns cartões-postais de Montana muito interessantes. Paisagens bonitas e índios bonitos. Búfalos. Rios. Insetos enormes.

Cartões muito interessantes.

Ela ainda não arranjou emprego e continua a morar naquele trailerzinho caindo aos pedaços. Mas está feliz e trabalhando muito em seu livro. Ela tomou uma decisão de ano novo: terminar seu livro antes do verão.

O livro dela é sobre esperança, creio.

Acho que ela quer que eu compartilhe do romance dela.

Eu amo minha irmã por isso.

E amo minha mãe, meu pai e minha avó.

Desde que passei a estudar fora e ver como são as relações de família em Reardan, passei a achar que minha família é bem bacana. Admito que meu pai tenha problemas com a bebida e que minha mãe seja um pouco excêntrica, mas eles fazem sacrifícios por mim. Eles se preocupam comigo. Dizem o que devo fazer. E, o melhor de tudo, eles me ouvem.

Aprendi que a pior coisa que pais podem fazer é ignorar seus filhos.

E, vocês podem crer, há muitos meninos e meninas em Reardan que são ignorados por seus pais.

Há pais brancos que nunca vão à escola. Não vão às competições dos filhos, aos seus shows, peças teatrais ou festas.

Tenho colegas brancos que são meus amigos e cujos pais eu nunca vi sequer.

Isso é absolutamente anormal.

Na reserva, a gente conhece pai, mãe, avós, gatos e cachorros de todo mundo. Até o tamanho do sapato de cada um a gente sabe. Olha, vou dizer pra vocês, índios fazem um monte de besteiras, mas nós somos muito unidos. Nós CONHECEMOS uns aos outros. Todo mundo conhece todo mundo.

Mas apesar de Reardan ser uma cidade pequena, muita gente sequer se conhece.

Aprendi que os brancos, principalmente os que têm filhos, sabem desaparecer em plena luz do dia.

Bem, sei que meu pai às vezes desaparece por uma semana quando decide tomar umas e outras, mas esses pais brancos são capazes de desaparecer completamente sem sequer saírem da sala de casa. Eles se confundem com os sofás. Eles se tornam sofás.

Então, que fique claro: não sou um pateta apaixonado pelos brancos, certo? Um bocado de adultos brancos ainda me olham de lado só porque sou índio. E muitos deles acham que eu não deveria estar estudando em Reardan de jeito nenhum.

Sou um cara realista, certo?

Penso muito sobre essas coisas. Talvez não tenha pensado o bastante, mas já pensei o suficiente para saber que é melhor viver em Reardan do que em Wellpinit.

Talvez só um pouco melhor.

Mas no meu caso, "um pouco melhor" é do tamanho aproximado do Grand Canyon.

E agora vocês querem saber o que há de melhor em Reardan?

É Penelope, naturalmente. E talvez Gordy também.

E querem saber o que há de melhor em Wellpinit?

Minha avó.

Ela era incrível.

Ela era a pessoa mais incrível do mundo.

E querem saber qual era a melhor coisa de minha avó?

Ela era tolerante.

Sei que é hilário uma pessoa dizer isso da avó.

Eu explico. Quando as pessoas elogiam suas avós, principalmente suas avós índias, geralmente dizem coisas como "Minha avó é muito sábia", "Minha avó é muito bondosa" e "Minha avó já viu tudo neste mundo".

É claro que minha avó era muito inteligente e bondosa e já havia estado em uma centena de reservas de índios, mas isso nada tinha a ver com sua grandeza.

O maior dom de minha avó era a tolerância.

Bem, nos velhos tempos, os índios costumavam ser tolerantes com qualquer espécie de excentricidade. Na verdade, pessoas esquisitas eram, com frequência, festejadas.

Era comum epiléticos tornarem-se xamãs, porque as pessoas simplesmente achavam que Deus os havia dotado de poderes especiais.

Gays eram vistos como mágicos, também.

Eu explico. Em muitas culturas os homens eram vistos como guerreiros e as mulheres, como cuidadoras. Mas por serem os gays as duas coisas, eram vistos como guerreiros e cuidadores.

Gays podiam fazer qualquer coisa. Como canivetes suíços!

Minha avó não queria saber de maus-tratos a gays nem da homofobia que rola pelo mundo, principalmente entre os índios.

— Ora bolas! — dizia ela. — Que mal faz um homem querer se casar com outro homem? Basta decidirem quem vai catar as meias sujas espalhadas pela casa.

É claro que desde que os brancos chegaram trazendo seu cristianismo e seus medos da excentricidade, os índios perderam, pouco a pouco, sua capacidade de tolerância.

Os índios podem ser tão críticos e preconceituosos quanto qualquer branco.

Mas não minha avó.

Ela se manteve sempre fiel ao espírito dos índios de antigamente, sabe?

Ela sempre encarava cada experiência nova, cada pessoa nova da mesma maneira aberta.

Sempre que íamos a Spokane, minha avó falava com todo mundo, até mesmo com moradores de rua, até mesmo com as pessoas invisíveis com quem alguns moradores de rua bêbados falavam.

Minha avó punha-se a falar com essas pessoas invisíveis também.

Por que ela fazia uma coisa dessas?

— Bem — dizia ela —, como posso ter certeza de que não há pessoas invisíveis no mundo? Os cientistas não acreditaram nos gorilas das montanhas por centenas de anos. E veja só agora. Se cientistas podem estar errados, qualquer um de nós pode estar errado. E se todas aquelas pessoas invisíveis FOREM cientistas? Pense nisso.

Pensei nisso.

O Gorila da Montanha Cientista Invisível

Depois que decidi estudar em Reardan, passei a me sentir como um gorila da montanha cientista invisível. Minha avó foi a única pessoa 100 por cento favorável à minha ida para Reardan.

— Pense nas pessoas novas que você vai conhecer — ela disse. — Para o que é a vida, afinal? É para conhecer novas pessoas. Eu gostaria de poder ir com você. É uma ideia muito interessante essa sua.

É claro que minha avó havia conhecido milhares, ou dezenas de milhares de índios em powwows pelo país afora. Todos os índios de powwow a conheciam.

Pois é, minha avó havia sido famosa nos powwows.

Todos a amavam e ela amava todo mundo.

Na verdade, semana passada ela estava voltando para casa a pé de um pequeno powwow no Centro Comunitário Tribal dos Spokane, quando foi atropelada por um carro dirigido por um sujeito embriagado.

É isso aí que vocês leram.

Ela não morreu na hora. Os paramédicos da reserva a mantiveram viva o tempo suficiente para ela chegar ao hospital de Spokane, mas ela morreu durante uma cirurgia de emergência.

Ferimentos internos profundos.

No hospital minha mãe chorava e gemia. Ela perdera a mãe. Quando uma pessoa, seja de que idade for, perde um dos pais, acho que ela sofre tanto quanto uma criancinha de cinco anos, sabem? Acho que todos nós temos cinco anos de idade na presença dos nossos pais ou quando eles nos deixam.

Meu pai estava bem quieto e sério ao lado do cirurgião, um cara branco bonitão.

— Ela disse alguma coisa antes de morrer? — perguntou meu pai.

— Disse — respondeu o cirurgião. — Ela disse "Perdoem o homem".

— Perdoem o homem? — repetiu meu pai.

— Acho que ela se referia ao motorista alcoolizado que a matou.

Poxa!

O último ato de minha avó no mundo foi pedir que perdoassem. Foram palavras de amor e tolerância.

Ela queria que perdoássemos Gerald, o índio bêbado que a atropelou e matou.

Creio que a vontade de meu pai era sair à procura de Gerald e dar-lhe uma surra até acabar com a vida dele.

Creio também que minha mãe o teria ajudado.

Creio que eu o teria ajudado também.

Mas minha avó queria que nós o perdoássemos.

Até morta, ela era uma pessoa melhor do que nós.

Os seguranças da tribo encontraram Gerald escondido lá para os lados do lago Benjamin.

Eles o levaram para a cadeia.

E depois que voltamos do hospital, meu pai foi até lá ver o Gerald. Para matar ou perdoar o sujeito. Acho que os seguranças da tribo iam olhar para o outro lado se meu pai tivesse decidido estrangular o Gerald.

Mas meu pai, em respeito ao último desejo de minha avó, deixou que o sistema judiciário cuidasse do Gerald. Ele acabou pegando dezoito meses de cadeia. Depois de cumprir a pena, Gerald se mudou para uma reserva na Califórnia e ninguém ouviu falar mais dele.

Mas minha família teve que enterrar minha avó.

Eu disse o óbvio. É claro que uma avó morta precisa ser enterrada.

Espera-se mesmo que os avós morram antes, mas que morram de velhice ou de doença. Ataque cardíaco, derrame, câncer, Alzheimer, coisa assim.

MAS NINGUÉM ESPERA QUE MORRAM ATROPELADOS POR UM MOTORISTA BÊBADO!

Muitos índios acabam morrendo porque bebem demais. E muitos índios bêbados matam outros índios bêbados.

Mas minha avó nunca tomou bebida alcoólica em toda sua vida. Nem uma gota. Este é o tipo de índio mais raro do mundo.

Só conheço uns cinco índios da nossa tribo que nunca beberam.

E minha avó era uma.

— A bebida ia me impedir de ver, de ouvir, de sentir bem as coisas — costumava ela dizer. — De que valeria estar no mundo se eu não pudesse tocar neste mundo com todos os meus sentidos?

Bem, minha avó partiu deste mundo e a uma hora dessas está vagando pela vida eterna.

Velório

Fizemos o velório da vovó três dias depois. Sabíamos que viria muita gente. Ainda assim ficamos perplexos, porque quase dois mil índios compareceram para se despedir dela.

E ninguém implicou comigo.

Eu era o mesmo cara que havia traído a tribo e isso era imperdoável. Mas eu era também o menino que havia perdido a avó. E todos sabiam que perder uma avó como aquela era horrível. Por isso todos os que compareceram ao velório deram uma trégua e me deixaram em paz com minha tristeza.

E depois disso eles pararam de me hostilizar quando me encontravam na reserva. Vocês ainda se lembram que eu ainda morava na reserva, certo? Pois é, tinha que ir ao posto pegar correspondência, comprar leite, coisas assim. Eu ainda fazia parte da reserva.

Até minha avó morrer, as pessoas me ignoravam, me xingavam e me davam empurrões.

Mas pararam de fazer isso quando ela morreu.

Devem ter chegado à conclusão que eu já estava sofrendo bastante. Ou talvez tivessem se dado conta de que haviam sido ignorantes e cruéis comigo.

Não me tornei benquisto de uma hora para outra, é claro. Mas já não era mais um vilão.

O que quer que viesse a acontecer entre mim e minha tribo, eu sempre amaria aquelas pessoas por me deixarem em paz no dia do enterro da minha avó.

Até mesmo Rowdy ficou afastado e não me fez nada.

Ele sempre seria meu melhor amigo, por mais que me odiasse.

Precisávamos levar o caixão do centro tribal onde estava e colocá-lo na linha de cinquenta jardas de campo de futebol.

Por sorte o tempo estava bom.

Cerca de duzentos índios (e alguns brancos) acompanharam minha avó até o campo de futebol para dizerem adeus à melhor índia spokane da história.

Sei que minha avó teria adorado aquele bota-fora.

Foi muito doido, engraçado e triste ao mesmo tempo.

Minha irmã não pôde comparecer ao enterro. Esta foi a pior parte. Não tinha dinheiro suficiente para voltar, creio eu. Isso foi triste. Mas ela me prometeu que cantaria cem cânticos fúnebres naquele dia.

Todos temos que encontrar nossas maneiras de dizer adeus.

Muitas pessoas contaram histórias de minha avó.

Mas uma delas foi a mais importante para mim.

O velório já estava acontecendo havia umas dez horas, quando chegou um cara branco que ficou ali parado, em pé. Ninguém sabia quem ele era. Ele me pareceu vagamente conhecido. Eu sabia que já tinha visto aquele homem em algum lugar, mas não me lembrava de onde.

Ficamos todos nos perguntando quem seria. Ninguém sabia. Mas não seria de surpreender. Minha avó conhecia mais de mil pessoas.

O homem branco segurava uma mala grande.

Ele a apertava contra o peito.

— Olá — disse ele. — Meu nome é Ted.

Aí me lembrei quem ele era. Era um bilionário famoso. Ele era famoso por ser podre de rico e por ser muito esquisito.

Então minha avó conhecia o Bilionário Ted!

Quem diria!

Ted

"Não sou índio, mas, no fundo, sinto-me como um índio."

Blazer da Pendleton "estilo índio americano" (comprado on line por $900)

Por que é que esses carecas sempre usam rabos de cavalo?!

Anéis de turquesa em dedos alternados ($500 a $1.000 cada)

Calças de pele de veado com franjas supostamente usadas por Gerônimo ($150.000, de um colecionador particular)

Protetor sagrado do saco escrotal feito em couro e comprado de um xamã navajo por $1.000 (na verdade um sapatinho de bebê feito de couro sintético comprado por um espertalhão navajo num supermercado por $3,99)

"botas da Cavalaria Americana" usadas por Kevin Costner em Dança com lobos (compradas pela internet por $3.000)

Todos ficamos muito ansiosos por ouvir a história do sujeito. E o que foi que ele disse?

Quando ele começou a falar todos nós resmungamos baixinho.

Esperávamos que o bilionário fosse original. Mas ele era mais um sujeito branco que aparecia na reserva sem mais nem menos porque ADORAVA índios.

Quem sabe quantos estranhos brancos surgem em reservas indígenas todos os anos e se põem a dizer aos índios o quanto eles os amam?

Milhares.

É nauseante.

É um tédio.

— Ouçam — disse Ted —, sei que vocês já ouviram isso antes. Sei que as pessoas dizem isso o tempo todo. Mas preciso dizer também. Eu amo índios. Amo seus cânticos, suas danças e suas almas. E amo sua arte. Eu coleciono arte indígena.

Oh, céus, o homem era um colecionador. Esses caras fazem com que os índios se sintam como insetos presos com um alfinete em um quadro de cortiça. Olhei o campo de futebol à minha volta. Não deu outra. Todos os meus primos se contorciam como besouros e borboletas com alfinetes espetados em seus corações.

— Há décadas coleciono arte indígena — disse Ted. — Tenho lanças antigas. Pontas de lanças. Tenho couraças antigas. Cobertas. E pinturas. E esculturas. E cestos. E joias.

Blá, blá, blá.

— E tenho vestimentas antigas de powwow — disse ele.

Isso fez com que todos passassem a prestar atenção.

— Cerca de dez anos atrás, um índio bateu à porta do meu chalé em Montana.

Chalé uma ova. Ted morava em uma mansão de quarenta cômodos nas cercanias de Bozeman.

— Bem, eu não conhecia aquele homem — disse Ted —, mas sempre abro a porta para um índio.

Pe-lo-a-mor-de-deus!

— E esse tal índio tinha nas mãos uma veste de powwow muito bonita. Era uma veste feminina de dança. Era a coisa mais linda que eu já tinha visto. Toda recoberta de contas azuis, vermelhas e amarelas formando o desenho de pássaro. Deveria pesar uns vinte quilos. Não pude imaginar como seria a força de uma mulher que dançasse vestida naquele traje mágico.

Ora, ora, ora. Qualquer mulher do mundo poderia dançar com uma roupa daquelas.

— Bem, esse índio desconhecido disse que se encontrava em situação desesperadora. Sua mulher estava morrendo de câncer e ele precisava de dinheiro para os remédios. Eu sabia que ele estava mentindo. Sabia que ele tinha roubado aquela vestimenta. Sempre soube farejar um ladrão.

Então fareje você mesmo, Ted.

— E eu sabia que deveria chamar a polícia para prender aquele ladrão. Sabia que deveria tomar dele aquele traje e encontrar seu verdadeiro dono. Mas era uma coisa tão linda, tão perfeita, que dei mil dólares ao estranho e mandei-o embora. E fiquei com o traje para mim.

Pronto. O cara tinha ido ao enterro da minha avó para fazer uma confissão. Mas por que ele foi escolher logo o enterro da minha avó?

— Durante anos eu me senti mal. Ficava olhando para aquele traje em uma parede do meu chalé em Montana.

Mansão, Ted. É uma mansão. Vamos, tente dizer, que você consegue: MAN-SÃO!

— E então decidi pesquisar a origem da peça. Contratei um antropólogo, um grande especialista, e ele logo me informou que o traje era obviamente de origem salish. Depois de pesquisar um pouco mais, ele descobriu que a peça era, mais precisamente, de índios spokanes. E então, alguns anos atrás, ele visitou sua reserva sem revelar o motivo e descobriu que o traje roubado havia pertencido a uma mulher chamada Avó Spirit.

Fomos todos tomados de grande surpresa. Aquilo foi mesmo um choque. Eu me perguntei se não estaríamos participando de um desses reality shows malucos que poderia muito bem se chamar *Quando Bilionários Fingem Ser Humanos*, ou coisa parecida. Olhei à minha volta procurando as câmeras.

— Bem, desde que fiquei sabendo quem era a verdadeira dona do traje, vivo em crise de consciência. Tinha vontade de devolvê-lo, mas também tinha vontade de possuí-lo. À noite não conseguia dormir, de tão dividido que me sentia.

Ora, vejam só. Bilionários também têm suas NOITES TENEBROSAS DA ALMA.

— Bem, por fim não pude mais suportar. Coloquei o traje em uma mala e vim à sua reserva a fim de devolvê-lo pessoalmente à senhora Spirit. Chego aqui e descubro que ela passou para o outro mundo. Isto é terrível.

Estávamos em absoluto silêncio. Aquela era a coisa mais esquisita que qualquer um de nós havia presenciado. E olhem que nós, índios, estamos acostumados a presenciar coisas bem esquisitas.

— Mas tenho o traje aqui comigo — disse Ted. Ele abriu a mala e dela tirou a vestimenta, erguendo-a para que todos a vissem. Devia pesar mesmo uns vinte quilos, por isso ele teve certa dificuldade. Qualquer um teria.

— Então, se os filhos da senhora Spirit estiverem aqui, gostaria de devolver a eles o traje dela.

Minha mãe se levantou e caminhou até Ted.

— Sou a única filha da senhora Spirit — disse ela. A voz da minha mãe havia ficado incrivelmente formal. Os índios são bons nisso. A gente pode estar conversando, rindo, fazendo besteira como qualquer ser humano normal, e no segundo seguinte, ficamos absolutamente sérios e assustados e começamos a falar como se fôssemos da realeza inglesa ou coisa assim.

— Amantíssima filha — disse Ted —, neste momento solene passo às suas mãos um bem que foi roubado e que lhe pertence. Espero que me perdoe por devolvê-lo tarde demais.

— Bem, não há nada a perdoar, Ted — disse minha mãe. — A senhora Spirit nunca dançou em powwow.

O queixo de Ted caiu literalmente.

— Como assim? — balbuciou ele.

— Minha mãe adorava frequentar powwows e não perdia um. Mas ela nunca dançava. Ela nunca possuiu um traje de dança. Este aí não poderia ser dela.

Ted não disse coisa alguma. Ele não conseguia dizer coisa alguma.

— Na verdade, olhando para estas contas e para o desenho, isso não me parece spokane em absoluto. Não reconheço este trabalho. Alguém aqui reconhece este trabalho?

— Não — disseram todos.

— A mim isso parece mais com arte dos sioux — disse minha mãe. — Talvez oglala. Talvez. Não sou entendida nisso. O seu antropólogo, pelo jeito, também não era *muito* entendido. Errou feio.

Continuamos todos ali em silêncio, enquanto Ted digeria aquilo tudo.

Então ele rapidamente colocou o traje de volta na mala, dirigiu-se às pressas para o carrão que o aguardava e foi embora a toda velocidade.

Por cerca de cinco minutos ainda, permanecemos todos em silêncio. O que dizer? E então minha mãe se pôs a rir.

Foi a deixa para todos começarmos a rir também. Dois mil índios dando gargalhadas ao mesmo tempo.

E não paramos.

Foi o som mais glorioso que já ouvi.

E me dei conta de que nós, índios, somos mesmo beberrões e tristes e deslocados no mundo, e doidos, e cruéis, mas, poxa, nós sabemos dar risadas.

Quando se trata de morte, sabemos que o riso e as lágrimas são mais ou menos a mesma coisa.

E assim, rindo e chorando, dissemos adeus à minha avó. E quando dizemos adeus à avó de um, dizemos adeus às avós de todos.

Cada enterro é um enterro para todos nós.

Nós vivemos e morremos juntos.

Todos nos ríamos ao baixarmos minha avó à terra.

Todos nos ríamos ao cobri-la com terra.

E todos nos ríamos quando, a pé ou de carro, retornamos para nossas casas solitárias. Muito solitárias.

Céu
Céu
BEM-VINDA
VOVÓ
SPIRIT
Céu
Céu
Cante com
Never kissed an angel
Elvis
Faça o famoso tour à casa do cantor
SE EU ESTIVER AQUI, ESTAMOS ABERTOS.
SE EU NÃO ESTIVER, ESTAMOS FECHADOS.
NAS NUVENS
ASAS
NOVAS & USADAS
AULAS DE HARPA
Torne o céu mais suave em 3 lições
QUEIMA DE ESTOQUE
HALOS DESCARTÁVEIS
baratos!
práticos!
Joe ama Marilyn

Dia dos namorados

❋

Alguns dias depois de eu ter dado a Penelope um cartão do dia dos namorados feito por mim mesmo (e de ela dizer que havia se esquecido de que era o dia dos namorados), Eugene, o melhor amigo de meu pai, levou um tiro na cara no estacionamento de um bar em Spokane.

Absolutamente bêbado, Eugene foi morto por um de seus bons amigos, Bobby, que estava bêbado demais para se lembrar, depois, de ter puxado o gatilho.

A polícia acha que Eugene e Bobby brigaram pelo último gole de vinho de uma garrafa.

Quando Bobby ficou sóbrio o suficiente para se dar conta do que havia feito, pôs-se a chamar o nome de Eugene, sem parar, como se assim pudesse trazê-lo de volta.

Como tomar o último gole de vinho que está no fundo da garrafa
Com AMOR...
Você é meu melhor amigo!
Oh!
Com CULPA...
Você sempre toma o último gole.
Ah!
Com INVERSÃO DE EXPECTATIVA...
Eu não queria mesmo.
Ah, pode tomar.
Seguindo as TRADIÇÕES SAGRADAS...
Você tem que respeitar os mais velhos.
Sim, senhor.
Usando a FORÇA.
bang!

Poucas semanas depois, na cadeia, Bobby se enforcou com um lençol.

Nós nem tivemos tempo para perdoá-lo.

Ele mesmo se puniu pelo que havia feito.

Meu pai tomou um porre daqueles.

Minha mãe passou a ir à igreja todo santo dia.

Minha casa era só bebedeira e Deus, bebedeira e Deus.

Tínhamos perdido minha avó e Eugene. Quantas perdas mais poderíamos aguentar?

Eu me sentia perdido, incapaz de fazer alguma coisa para melhorar a situação.

Precisava de livros.

Queria encontrar sossego em livros.

E desenhava cartuns sem parar. Um atrás do outro.

Tinha raiva de Deus; tinha raiva de Jesus. Eles estavam zombando de mim, por isso eu zombava deles.

Peidai e arrotai em harmonia! MILAGRE!!
João 11:35

Eu queria encontrar cartuns que me ajudassem. Queria encontrar histórias que me ajudassem naquela aflição.

Procurei então a palavra "tristeza" no dicionário.

Eu queria descobrir tudo que fosse possível sobre tristeza. Queria saber por que minha família havia recebido tantos motivos de tristeza.

E aí descobri a resposta:

> **tristeza** (ê) [do lat. *tristitia*] s.f.
> É quando você se sente tão vulnerável e estúpido que tudo parece que nunca mais vai dar certo de novo, e até o macarrão com queijo tem gosto de serragem, e você não tem nem vontade de se masturbar porque dá muito trabalho.
>
> Dicionário © eterno

Pois é, foi Gordy quem me mostrou um livro escrito pelo cara que sabia a resposta.

O cara era Eurípedes, um escritor grego do século V a.C.

Um cara velho pra caramba.

Em uma de suas peças, Medeia diz "Que tristeza é maior do que a perda da terra natal?"

Li isso e fiquei pensando. É isso aí, cara. Nós índios PERDEMOS TUDO. Perdemos nossa terra natal, perdemos nossas línguas, nossas cantigas, nossas danças. Perdemos uns aos outros. E agora só sabemos perder e estar perdidos.

Mas não é só isso.

Medeia ficou tão desencantada da vida, ela se sentiu tão traída que assassinou os próprios filhos.

Para ela o mundo era um lugar sem alegria.

Depois do enterro de Eugene, dei razão a ela. Eu poderia facilmente ter me matado, matado minha mãe e meu pai, matado os pássaros, as árvores, matado o oxigênio do ar.

Mais do que tudo, eu queria matar Deus.

Eu não tinha alegria de viver.

Nem sei como eu achava forças para me levantar de manhã. Mesmo assim, todas as manhãs, eu me levantava e ia para a escola.

Na verdade, não foi bem assim.

Eu estava tão deprimido que pensei em abandonar a escola de Reardan.

Pensei em voltar para a de Wellpinit.

Eu me culpava por todas as mortes.

Eu tinha renegado minha família. Tinha abandonado a tribo e rompido alguma coisa dentro de nós. Agora estava sendo punido por isso.

Não, era a minha família que estava sendo punida.

Eu estava vivo e saudável.

Então, depois de faltar uns quinze ou vinte dias de aula, lá estava eu de novo sentado na sala de estudos sociais com a Sra. Jeremy.

Era uma coroa que ensinava na Reardan havia trinta e cinco anos.

Entrei assim sem mais nem menos na aula dela e fui me sentar no fundo da sala.

— Veja, turma — disse ela. — Temos uma visita especial hoje. É Arnold Spirit. Eu não sabia que o senhor ainda frequentava esta escola, Sr. Spirit.

A turma ficou em silêncio. Todos sabiam que minha família estava vivendo em uma tempestade de tristeza. E agora aquela professora estava brincando com isso?

— O que foi que a senhora disse? — perguntei.

— Você não deveria ter faltado tanto às aulas — disse ela.

Se eu estivesse me sentindo mais forte, teria enfrentado a professora ali mesmo. Teria xingado. Teria ido até ela e lhe dado um tabefe.

Por que acabei faltando a um montão de aulas

① Velórios e enterros

② Não consegui carona.

Erva saltadora

③ Nenhum dinheiro em casa.

1¢

④ Mamãe quis que eu ficasse em casa porque estava com medo.

— Tá bom, mãe.

⑤ Mamãe e eu tivemos que sair à procura de meu pai para trazê-lo para casa em segurança.

— Vamos pra casa, Pai.
— Já **estou** em casa. A miséria é meu lar.

Mas eu estava abatido demais.

Foi Gordy quem me defendeu.

Ele ficou de pé segurando o livro de estudos sociais e deixou que ele caísse no chão.

Bum!

Gordy nunca tinha me parecido tão forte. Parecia um guerreiro. Ele estava me protegendo como Rowdy me protegia. É claro que Rowdy teria atirado o livro na cara da professora e depois dado um soco nela, mas isso é um detalhe.

Gordy mostrou muita coragem enfrentando uma professora daquela maneira. E sua coragem inspirou os outros.

Penelope se levantou e deixou cair o livro dela.

Bum!

Aí os outros jogadores de basquete fizeram o mesmo.

Bum! *Bum*! *Bum*! *Bum*!

A Sra. Jeremy fazia uma careta cada vez que um livro caía, como se tivesse sido chutada no saco.

Bum! *Bum*! *Bum*! *Bum*!

E então todos os meus colegas saíram da sala.

Uma demonstração espontânea.

É claro que eu deveria ter saído da sala com eles.

Teria sido mais poético. Teria feito mais sentido. Ou talvez meus amigos devessem pensar que tinham feito mal em deixar para trás AQUELE CARA ESQUISITO, MOTIVO DE SEU PROTESTO!

Este pensamento foi a última gota que faltava.

Era como se meus amigos tivessem caminhado por cima de filhotes de focas a fim de chegarem à praia para protestar contra a matança de filhotes de focas.

Está bem, talvez eu tenha exagerado.

Mas a ideia até que foi engraçada.

— De que você está rindo? — perguntou a Sra. Jeremy.

— É que eu pensava que o mundo fosse dividido em tribos — disse eu. — Em pretos e brancos. Em índios e brancos. Mas agora eu sei que não é assim. O mundo só é dividido em duas tribos: a de pessoas que são babacas e a das que não são.

Saí da sala com vontade de dançar e de cantar.

Aquilo que aconteceu me deu esperança. Me deu até um pouco de alegria.

Continuei a procurar os pedacinhos de alegria da minha vida. Foi a única maneira que encontrei para atravessar todo aquele período de sofrimento, de mortes e mudanças. Fiz uma lista das pessoas que haviam me dado mais alegria na vida:

1. Rowdy
2. Minha mãe
3. Meu pai
4. Minha avó

5. Eugene
6. O treinador
7. Roger
8. Gordy
9. Penelope, apesar de ela só me amar parcialmente

Fiz uma lista dos músicos que tocavam as músicas mais alegres:

1. Patsy Cline, o favorito da minha mãe
2. Hank Williams, o favorito do meu pai
3. Jimi Hendrix, o favorito da minha avó
4. Guns N'Roses, os favoritos da minha irmã
5. White Stripes, minha banda favorita

Fiz uma lista das minhas comidas prediletas:

1. pizza
2. pudim de chocolate
3. sanduíche de pasta de amendoim e geleia
4. torta de creme de banana
5. galinha frita
6. macarrão com queijo
7. hambúrguer
8. batata frita
9. uva

Fiz uma lista dos meus livros prediletos:

1. As vinhas da ira
2. O apanhador no campo de centeio
3. Menino gordo governa o mundo
4. Tangerina
5. Feed – Conexão total
6. O catalista
7. O homem invisível
8. Os tolos se gabam
9. Um pote de tolos

Fiz uma lista dos meus jogadores de basquete preferidos:

1. Dwayne Wade
2. Shane Battier
3. Steve Nash
4. Ray Allen
5. Adam Morrison
6. Julius Erving
7. Kareem Abdul-Jabbar
8. George Gervin
9. Mugsy Bogues

Continuei a fazer listas e mais listas das coisas que me davam alegria. E continuei a fazer cartuns das coisas que me davam raiva. Eu escrevia e reescrevia, desenhava e redesenhava, repensava, revia e reeditava. Isto se tornou o meu ritual de luto.

Como um leão

❋

Nunca pensei que viesse a ser um bom jogador de basquete.

Isto é, eu sempre gostei de jogar, principalmente porque meu pai gostava tanto de basquete e porque Rowdy gostava mais ainda. Mas eu achava que seria um jogador desses que ficam torcendo, do banco, na vitória ou na derrota, por seus companheiros de time maiores, mais rápidos e mais talentosos.

Mas, de um jeito ou de outro, no decorrer da temporada, eu me tornei, ainda no primeiro ano, um titular da seleção de basquete da escola. E, não deu outra coisa: todos os meus companheiros de time eram maiores e mais rápidos. Mas nenhum fazia cesta como eu.

Eu era o matador de aluguel.

Quando eu estudava na reserva, até que não fazia feio, acho. Eu pegava os rebotes e corria pela quadra sem tropeçar. Mas algo mágico aconteceu comigo quando fui para Reardan.

De um dia para outro, passei a ser um bom jogador.

Acho que isso deve ter tido alguma coisa a ver com confiança. Eu explico. Eu sempre havia ocupado o lugar mais baixo entre todos os índios no totem da tribo. Não esperavam que eu fosse bom e eu não era. Mas em Reardan, o treinador e os outros jogadores queriam que eu fosse bom. Precisavam que eu fosse bom. E aí eu passei a ser bom.

Queria corresponder às expectativas

Acho que isso explica tudo.

O poder das expectativas.

Como eles esperavam mais de mim, eu esperava mais de mim mesmo. A coisa foi crescendo e de repente eu estava fazendo doze pontos por jogo.

COMO NOVATO!

O treinador começou a dizer que eu estaria na seleção estadual dentro de poucos anos. Ele achava que talvez eu jogasse em alguma universidade pequena.

Uma loucura.

Quantas vezes na vida um menino índio ouve isso?

Quantas vezes na vida vocês ouviram as palavras "índio" e "universidade" em uma mesma frase? Principalmente na minha tribo.

Mas eu não acho que esteja ficando convencido ou coisa assim.

Continuo absolutamente apavorado antes dos jogos. Morro de medo de competir, de ter que vencer.

Eu vomito antes de cada jogo.

O treinador disse que ele também vomitava antes dos jogos.

— Rapaz — disse ele —, algumas pessoas precisam limpar os tubos para poder jogar. Eu sempre fui um vomitador. Não há problema algum em ser vomitador.

Então perguntei a meu pai se ele era vomitador.

— O que é um vomitador? — perguntou ele.

— É um cara que vomita antes das partidas de basquete — disse eu.

— E por que alguém vomitaria?

— Eu vomito. É porque fico nervoso.

— Você quer dizer amedrontado?

— Nervoso, amedrontado, é tudo a mesma coisa, não é?

— Nervoso significa que você quer jogar. Amedrontado significa que não quer.

Foi assim que meu pai esclareceu as coisas.

Eu era um vomitador nervoso em Reardan. Em Wellpinit eu tinha sido um vomitador amedrontado.

Ninguém mais da minha equipe era vomitador. Mas acho que ser ou não ser vomitador não fazia diferença. Nós éramos uma boa equipe e ponto final.

Depois de perdermos nossa primeira partida para Wellpinit, ganhamos doze em seguida. Nós simplesmente arrasávamos os outros times, vencendo por uma diferença de dois dígitos todas as vezes. Demos uma surra no nosso arquirrival, Davenport, com trinta e três pontos de diferença.

O pessoal da cidade estava começando a nos comparar às grandes equipes de Reardan do passado. Comparavam nossos jogadores a grandes craques do passado.

Roger, nosso grandalhão, era o novo Joel Wetzel.

Jeff, nosso ala, era o novo Little Larry Soliday.

James, nosso pequeno armador, era o novo Keith Schulz.

Mas ninguém se referia a mim dessa maneira. Acho que era difícil me comparar a jogadores do passado. Eu não era da cidade, não originalmente, portanto seria sempre alguém de fora.

E por melhor que eu fosse, seria sempre um índio. Algumas pessoas achavam difícil comparar um índio a um branco. Não era racismo, exatamente. Era ... bem, não sei o que era.

Eu era algo diferente, algo novo. Só espero que daqui a vinte anos eles comparem algum menino a mim:

"Viu só a cesta daquele menino? Ele lembra Arnold Spirit."

Talvez isso aconteça. Não sei. Será que um índio pode deixar um legado em uma cidade de brancos? E será que um adolescente deveria estar se preocupando com essa história de legado?

Xi, eu devo ser umególatra.

Bem, seja como for, tínhamos vencido doze dos treze jogos quando jogamos novamente contra Wellpinit.

Eles vieram jogar no nosso ginásio, portanto eu não seria comido vivo como no primeiro jogo. De fato, meus admiradores brancos torceriam por mim como se eu fosse uma espécie de guerreiro das cruzadas.

Poxa, eu me sentia como um daqueles índios cooptados pelos brancos que iam à frente da Cavalaria Americana no ataque aos outros índios.

Mas tudo bem. O que eu queria mesmo era vencer. Eu queria revanche. Não era para minha torcida que eu ia jogar. Não era para os brancos. Eu ia jogar para derrotar Rowdy.

É isso mesmo. Eu queria humilhar meu melhor amigo.

Ele havia se tornado o homem forte do time. Como eu, ele também era apenas um novato, mas sua média de pontos por jogo era vinte e cinco. Eu acompanhava sua ascensão na seção de esportes do jornal local.

Ele tinha levado Wellpinit a conseguir um recorde de 13-0. Eles estavam em primeiro lugar entre as escolas pequenas do estado. Wellpinit nunca havia chegado tão alto. E era tudo por causa de Rowdy. Nós estávamos em segundo lugar, portanto nosso jogo era da maior importância. Principalmente por se tratar de uma batalha entre escolas pequenas.

E, mais especialmente ainda, por eu ser um índio spokane jogando contra seus antigos amigos (agora inimigos).

Uma equipe da televisão local veio me entrevistar antes do jogo.

— E então, Arnold, como é que você se sente jogando contra seus antigos companheiros de equipe? — perguntou o repórter esportivo.

— É meio esquisito — disse.

— Como assim?

— É esquisito mesmo.

Pois é, minhas respostas eram muito estimulantes.

O repórter interrompeu a gravação.

— Arnold, escuta só, sei que é uma coisa difícil. Você é apenas um menino. Mas talvez possa ser mais específico quanto a seus sentimentos.

— Meus sentimentos? — perguntei.

— Pois é, isso é uma coisa importante em sua vida, não é?

Claro que era. Talvez fosse a coisa mais importante da minha vida toda, mas eu não estava disposto a compartilhar meus sentimentos com o resto do mundo. Não ia começar a choramingar, a me abrir com o repórter como se ele fosse um padre ou coisa assim.

Há um pouco de orgulho dentro de mim, saibam vocês.

Respeito meu direito à privacidade.

Eu não tinha chamado aquele cara ali e não estava disposto a tornar pública a minha história, entendido?

Além do mais, eu meio que suspeitava que os brancos estivessem interessados em ver índios lutando entre si. Algo assim como assistir a uma briga de cachorros, sabem?

Isso fazia com que eu me sentisse exposto e primitivo.

— Então, vamos lá — disse o repórter. — Pronto para começarmos de novo?

— Estou.

O sujeito da câmera começou a filmar.

— Então, Arnold — disse o repórter. — Em dezembro passado você enfrentou seus antigos colegas de turma e membros da tribo spokane em uma partida lá na reserva e vocês perderam. Eles agora estão em primeiro lugar e estão vindo jogar no ginásio de sua escola. Como é que você se sente com isso?

— Esquisito — disse.

— Corta, corta, corta! — exclamou o repórter. Agora ele estava com raiva.

— Arnold — disse ele —, será que você consegue pensar em uma palavra que não seja "esquisito"?

Pensei um pouco.

— Ei — respondi — que tal se eu disser que tudo isso faz com que eu amadureça muito rápido, rápido demais, e que chegue à conclusão de que cada momento da minha vida é importante. E que cada escolha que eu faça é importante. E que um jogo de basquete, mesmo que seja entre duas escolinhas no meio de lugar nenhum, pode fazer a diferença entre ser feliz e ser miseravelmente infeliz o resto da vida.

— Poxa! — disse o repórter — Isso é perfeito! Isso é poesia! Vamos gravar de novo, está bem?

— Está — disse.

— Então vamos lá. Gravando — disse o repórter, colocando o microfone na minha cara.

— Arnold — disse ele —, esta noite você vai enfrentar uma batalha contra seus antigos companheiros de time e membros da tribo spokane, os Redskins de Wellpinit. Eles estão em primeiro lugar e machucaram você um bocado no último jogo em dezembro. Tem gente achando que eles estão vindo massacrar você hoje. Como é que você se sente?

— Esquisito — disse eu.

— Acabou! Vamos embora daqui — disse o repórter.

— Eu disse alguma coisa errada?

— Você é um babaca, sabia? — disse o repórter.

— Poxa, a lei permite que você me diga isso?

— Só estou dizendo a verdade.

Taí, até que o cara tinha uma certa razão. Eu estava mesmo sendo um babaca.

— Escute aqui, rapaz — disse o repórter —, nós achamos que esta seria uma história importante. Achamos que seria a história de um menino que resolveu sozinho enfrentar a vida, de um menino corajoso. Mas você só está a fim de nos decepcionar.

Poxa!

Agora era ele que me fazia sentir mal.

— Sinto muito — disse eu. — É que eu sou um vomitador.

— O quê? — perguntou o repórter.

— Sou um cara ansioso — disse eu. — Eu vomito antes dos jogos. Acho que estou... bem... que estou vomitando em você metaforicamente. Sinto muito. O problema é que o melhor jogador de Wellpinit é Rowdy, que era meu melhor amigo. E agora ele me odeia. Ele me deu uma concussão no primeiro jogo. E agora eu quero acabar com ele. Quero marcar trinta pontos em cima dele. Quero que ele se lembre deste jogo o resto da vida.

— Poxa, cara — disse o repórter — você está mesmo disposto a vencer a partida.

— Estou. Quer que eu diga isso para a câmera?

— Você tem certeza de que quer dizer isso?

— Tenho.

— Então está bem. Vamos lá.

Eles prepararam a câmera novamente e o repórter colocou o microfone na minha cara de novo.

— Arnold, você hoje vai encarar os Redskins de Wellpinit, que estão em primeiro lugar na liga, e o principal jogador deles, Rowdy, que era seu melhor amigo quando você estudava na escola da reserva. Eles deram uma surra em vocês em dezembro e você saiu da quadra com uma concussão cerebral. Como é que você se sente jogando contra eles novamente?

— Sinto que esta é a noite mais importante da minha vida — disse. — Sinto que tenho alguma coisa a provar para as pessoas de Reardan e para as pessoas de Wellpinit e para mim mesmo.

— E o que você acha que tem a provar? — perguntou o repórter.

— Tenho que provar que sou mais forte que todos. Tenho que provar que nunca vou desistir. Nunca vou desistir de jogar duro. E não me refiro só ao basquete. Eu nunca vou desistir de lutar desse jeito pela minha vida, sabe? Nunca vou me render diante de ninguém. Nunca, nunca, nunca.

— Que importância tem a vitória hoje para você?

— Eu nunca desejei tanto alguma coisa em toda a minha vida.

— Boa sorte, Arnold. Estaremos assistindo.

Obrigado.

Agora, se me derem licença, vou vomitar as tripas.

SOU UM ASTRO DA TV!

O ginásio estava abarrotado duas horas antes do jogo. Duas mil pessoas gritando, cantando, fazendo uma algazarra infernal.

No vestiário, nós nos preparávamos em silêncio. Mas todos, até mesmo o treinador, vinham me dar um tapinha na cabeça ou no ombro, bater a mão fechada na minha ou me dar um abraço.

Aquele seria o meu jogo. O meu jogo.

Na verdade, eu seria apenas o segundo jogador a sair do banco, o cara que faria uma ofensiva instantânea. Mas não deixava de ser uma expectativa de ofensiva.

Éramos todos meninos desesperados para nos tornarmos homens, e aquele jogo seria um grande momento da nossa transição.

— Tudo bem, turma. Agora vamos repassar o plano de jogo — disse o treinador.

Todos nos encaminhamos para o quadro de giz e nos sentamos nas cadeiras dobráveis.

— Tudo bem, rapazes — disse o treinador. — Nós já sabemos o que aqueles caras são capazes de fazer. Eles estão fazendo uma média de oitenta pontos por jogo. Eles correm e correm e marcam pontos, e quando a gente pensa que estão cansados de tanto correr, eles continuam a correr e a marcar pontos.

Cara, aquele não era um discurso muito animador. Parecia que o treinador tinha certeza de que íamos perder.

— Preciso ser honesto com vocês, rapazes — disse ele. — Não somos capazes de derrotar aqueles caras com nosso talento. Não temos talento suficiente para isso. Mas eu acho que temos mais garra. E acho também que temos uma arma secreta.

Eu me perguntei se o treinador teria contratado algum sujeito da máfia para tirar Rowdy do jogo.

— Temos Arnold Spirit — disse o treinador.

— Eu? — Perguntei.

— Sim, você — disse o treinador. — Você hoje começa o jogo.

— Verdade?

— Verdade. E você vai marcar o Rowdy. O jogo todo. Ele é seu homem. Você tem que impedir que ele converta. Se você não deixar que ele faça cestas, nós venceremos este jogo. É a única maneira de vencermos hoje.

Poxa! Fiquei absolutamente perplexo. O treinador queria que eu marcasse o Rowdy. Eu reconhecia, sem falsa modéstia, que era bom arremessador, mas sabia que não era um bom jogador de defesa. Não era mesmo. Eu não teria como impedir que Rowdy convertesse as jogadas. Se eu tivesse um bastão de basebol e um trator, talvez eu conseguisse. Mas assim, desarmado, sem uma pistola ou um leão feroz, um frasco com vírus de peste bubônica ou coisa assim, minhas possibilidades de competir com Rowdy eram iguais a zero. Se eu fosse seu marcador, ele ia fazer setenta pontos.

— Chefe — disse —, fico muito honrado com isso, mas acho que não consigo fazer o que o senhor quer.

Ele andou até onde eu estava, ajoelhou-se e encostou a cabeça na minha. Nossos olhos ficaram a uns dois dedos de distância. Pude sentir o cheiro de cigarro e de chocolate do hálito dele.

— Você consegue — disse o treinador.

Cara, ele falou igualzinho a Eugene. Ele sempre gritava isso para mim em todas as competições de que participei. Podia ser uma corrida de saco ou qualquer outra coisa, e o velho Gene, bêbado e alegre como sempre, lá estava a gritar para mim "Você consegue, Junior!"

Pois é, aquele Eugene era um sujeito positivo, apesar de viver de porre e morrer com um tiro na cara.

Céus, que droga de vida. Eu estava a ponto de jogar a partida de basquete mais importante da minha vida e só o que me vinha à cabeça era o melhor amigo de meu pai que morreu assassinado.

Meus fantasmas.

— Você consegue — repetiu o treinador. Ele não gritou isso. Ele sussurrou essas palavras. Como uma prece. E continuou a sussurrá-las, repetidamente, até que a prece se transformou em canção. E então por algum motivo mágico, eu acreditei nele.

Era como se o treinador tivesse se transformado no padre do basquete e eu fosse seu seguidor. Eu entraria na quadra seguindo suas palavras e arrasaria com meu melhor amigo.

Esperava que sim.

— Eu consigo — disse ao treinador, aos meus companheiros de equipe, ao mundo.

— Você consegue — disse o treinador.

— Eu consigo.

— Você consegue.

— Eu consigo.

Vocês fazem ideia de como é maravilhoso ouvir isso de um adulto? De como é maravilhoso ouvir isso de qualquer pessoa, seja lá quem for? Essa é uma das frases mais simples do mundo. Duas palavras. Mas são as duas maiores palavras do mundo quando colocadas juntas.

Você consegue.

Eu consigo.

Vamos lá.

Todos gritamos como doidos ao sairmos correndo do vestiário e entrarmos na quadra. Dois mil torcedores puseram-se a gritar como doidos também.

A banda da escola tocava um rock do Led Zeppelin.

Enquanto corríamos fazendo exercícios de aquecimento, olhei para a multidão para ver se meu pai estava em seu lugar de sempre, lá no alto, no canto esquerdo do ginásio. E lá estava ele. Acenei para ele. Ele acenou para mim.

Pois é. Meu pai é um bêbado com o qual não se pode contar. Mas ele nunca deixou de comparecer a qualquer coisa da qual eu participasse: jogos, shows, peças ou piqueniques. Seu amor por mim pode não ter sido perfeito, mas era o melhor que ele podia dar.

Minha mãe estava sentada em seu lugar de sempre, no lado oposto ao de Papai.

Era engraçado isso que eles faziam. Mamãe sempre dizia que Papai a deixava nervosa demais. Papai sempre dizia que Mamãe o deixava nervoso demais.

Penelope gritava como uma doida também.

Acenei para ela; ela me jogou um beijo.

Pronto. Agora eu teria que jogar cheio de tesão.

Ha ha, brincadeira.

Fizemos os exercícios de aquecimento com corridas de explosão, arremessos de três pontos, tiros livres e dribles. E então a diabólica equipe de Wellpinit saiu do vestiário dos visitantes correndo e entrou na quadra.

Nunca se ouviu vaia mais estrondosa. Nossa torcida era mais barulhenta do que um avião a jato.

Os palavrões que gritavam para os jogadores de Wellpinit são impublicáveis.

Querem saber como era o som da vaia?

Era assim:

BOOOOOOOOOOOOOOOOOOOOOOOOO
OOOOOOOOOOOOOOOOOOOOOOOOOO
OOOOOOOOOOOOOOOOOOOOOOOOOO
OOOOOOOOOOOOOOOOOOOOOOOOOO
OOOOOOOOOOOOOOOOOOOOOOOOOO
OOOOOOOOOOOOOOOOOOOOOOOOOO
OOOOOOOOOOOOOOOOOOOOO!

Não conseguíamos sequer nos ouvir uns aos outros.

Temi que saíssemos dali com nossos aparelhos auditivos danificados.

Fiquei olhando a equipe de Wellpinit enquanto ela se aquecia. Notei que Rowdy fazia o mesmo com nossa equipe.

Comigo.

Rowdy e eu fingíamos não estar olhando um para o outro, mas na verdade enviávamos terríveis mensagens de ódio com nossos olhares naquele ginásio, a todo instante.

É preciso amar muito uma pessoa para se ser capaz de odiá-la daquela maneira também.

Nossos capitães, Roger e Jeff, correram para o círculo central para trocar algumas palavras com a arbitragem.

E então a banda tocou o hino nacional.

Tão logo o hino acabou, os cinco jogadores do nosso time, eu inclusive, corremos para o centro da quadra a fim de darmos início à nossa batalha contra os cinco de Wellpinit.

Rowdy deu um sorriso de desprezo para mim quando tomei posição ao lado dele.

— Caramba! — disse ele. — Vocês devem estar mesmo muito mal se te colocaram para iniciar o jogo.

— Vou marcar você — disse.

— O quê?

— Vou marcar você hoje.

— Você não vai conseguir me marcar. Há catorze anos eu acabo com você.

— Não esta noite — disse. — Esta é a minha noite.

Rowdy deu uma gargalhada.

O juiz jogou a bola para o alto.

Nosso grandalhão, Roger, deu um tapa na bola a nosso favor, mas Rowdy foi mais rápido. Ele interceptou o passe e saiu a toda velocidade em direção à cesta. Corri atrás dele. Eu sabia que ele queria enterrar a bola. Sabia que ele queria mandar um recado para nós.

Eu sabia que ele queria nos humilhar logo na primeira jogada.

Por uma fração de segundo perguntei a mim mesmo se deveria fazer uma falta intencional e impedir que ele enterrasse a bola na cesta. Ele ganharia dois arremessos livres, mas isso não seria tão sensacional quanto a bola enterrada.

Mas, não, eu não podia fazer isso. Eu não podia fazer uma falta nele ali. Seria o mesmo que desistir. Por isso aumentei minha velocidade e me preparei para pular com Rowdy.

Eu sabia que ele ia pular a um metro e meio do aro. Que subiria meio metro além do que eu seria capaz. Por isso eu precisava saltar mais rápido.

E Rowdy subiu. E eu subi com ele.

E EU SUBI ACIMA DELE!

Pois é, se eu acreditasse em mágica, em fantasmas, poderia pensar que estivesse subindo nos ombros da minha avó e de Eugene, o melhor amigo do meu pai. Ou talvez tenha sido suspenso pelas esperanças de minha mãe e de meu pai em relação a mim.

Não sei o que aconteceu.

Mas naquela vez, única na minha vida, eu saltei mais alto do que Rowdy.

Saltei acima dele quando ele tentava enterrar a bola

EU TIREI A BOLA DAS MÃOS DELE!

Foi isso mesmo. Estávamos a uns três metros do chão, mas ainda assim fui capaz de esticar o braço e roubar a bola de Rowdy.

Ainda em pleno ar, pude ver a expressão de absoluto choque na cara de Rowdy. Ele não podia acreditar que eu estava voando com ele.

Rowdy pensava que fosse o único Super-homem índio.

Desci com a bola, girei e fui driblando em direção à nossa tabela. Rowdy, gritando de ódio, veio colado a mim.

Nossa torcida fazia um barulho insano.

Ninguém conseguia acreditar no que eu acabara de fazer.

Vejam bem, sei que esse tipo de coisa acontece na NBA, nas universidades e nas grandes escolas. Mas ninguém jamais saltou daquele jeito em um ginásio de uma escola pequena. Ninguém jamais bloqueou uma jogada como aquela.

NINGUÉM JAMAIS TOMOU DAQUELA MANEIRA UMA BOLA DAS MÃOS DE UM CARA QUE ESTAVA PRESTES A ENTERRÁ-LA!

Mas eu ainda não tinha terminado. Longe disso. Eu queria fazer uma cesta bem na cara dele. Queria desmoralizá-lo completamente.

Corri em direção à nossa tabela.

Rowdy vinha gritando atrás de mim.

Meus companheiros de time me disseram depois que eu sorria como um idiota ao atravessar a quadra.

Eu não sabia disso.

Eu só sabia que queria fazer uma cesta nas fuças do Rowdy.

Meu negócio era com ele. Então pensei, com toda aquela adrenalina correndo em meu corpo, que eu talvez fosse capaz de repetir o feito e saltar mais alto que ele outra vez. Mas acho que parte de mim sabia que eu jamais daria um salto daqueles novamente. Eu só tinha aquele único salto épico dentro de mim.

Eu não era um enterrador. Eu era um arremessador.

Parei de supetão na linha dos três pontos e fiz uma finta com a cabeça fingindo que ia arremessar. Foi aí que Rowdy se deixou enganar completamente. Ele deu um salto bem alto à minha frente para me bloquear, mas eu só esperei que o céu clareasse. Enquanto Rowdy subia no ar afastando-se para um lado, ele me olhou nos olhos. Eu olhei nos olhos dele.

Naquele momento ele soube que tinha feito uma besteira. Soube que tinha se deixado enganar por um pequeno truque de cabeça. Soube que nada poderia fazer para impedir meu arremesso.

Cara, ele ficou triste.

Muito triste.

Podem adivinhar o que eu fiz então?

Dei a língua para ele. Como se eu fosse Michael Jordan.

Eu zombei dele.

Em seguida arremessei a bola e fiz três pontos. Dei uma lição àquele incompetente.

E O GINÁSIO VEIO ABAIXO!

Teve gente que chorou.

Verdade.

Meu pai abraçou um sujeito branco que estava ao lado dele. Um cara que ele nem conhecia. Mas ele abraçou e beijou o cara como se eles fossem irmãos, vocês acreditam?

Minha mãe desmaiou. Verdade. Ela foi se inclinando um pouquinho, se encostou na mulher branca que estava ao lado e, pimba, estava desmaiada.

Uns cinco segundos depois, ela acordou.

As pessoas pulavam de alegria. E dançavam, e se abraçavam, e cantavam.

A banda da escola tocou uma música. Bem, na verdade tocou várias músicas, porque os componentes, confusos e excitados, tocaram músicas diferentes ao mesmo tempo.

Meu treinador pulava e rodopiava sem parar.

Meus colegas de equipe gritavam meu nome.

Vejam só, tanto reboliço e o placar era de apenas 3 a 0.

Mas, podem crer, o jogo já estava definido ali.

Tudo isso só levou cerca de dez segundos. Mas o jogo já estava ganho. Verdade. Essas coisas às vezes acontecem. Uma jogada pode determinar o curso da partida. Uma jogada pode mudar para sempre o *momentum* de uma pessoa.

Derrotamos Wellpinit por quarenta pontos.

Nós os destruímos completamente.

Aquele lance de três pontos foi o único que eu fiz naquela noite. O único.

É isso aí. Só marquei três pontos, minha pontuação mais baixa naquela temporada.

Mas Rowdy só marcou quatro pontos.

Só duas cestas.

Uma delas foi quando eu tropecei no pé de um colega de equipe e caí.

A outra foi quando faltavam quinze segundos para o término do jogo. Ele roubou a bola de mim, correu como um desesperado e fez uma cesta de bandeja.

Mas eu nem fui atrás dele, porque já estávamos quarenta e dois pontos à frente.

A campainha tocou. O jogo estava terminado. Tínhamos acabado com os peles-vermelhas. É isso aí. Nós os humilhamos.

Ficamos dançando no ginásio, rindo, gritando e cantando.

Meus companheiros de equipe caíram em cima de mim. Depois me ergueram nos ombros e deram uma volta comigo ao redor do ginásio.

Procurei minha mãe mas ela tinha desmaiado novamente, por isso tinha sido levada para o lado de fora a fim de tomar ar fresco.

Procurei meu pai.

Pensei que ele estivesse comemorando como todo mundo. Mas não estava. Não estava sequer olhando para mim. Ele estava muito quieto e pensativo, olhando para outra coisa.

Então olhei para o que ele estava olhando.

Era para os Redskins de Wellpinit, em uma fila no fundo da quadra, assistindo à nossa comemoração da vitória.

Fiquei perplexo.

Nós tínhamos derrotado o inimigo! Tínhamos derrotado os campeões! Éramos Davi que havia atirado uma pedra na cabeça de Golias!

E então eu me dei conta de algo.

Eu me dei conta de que meu time, o Reardan Indians, era Golias.

Afinal, todos os alunos do último ano do meu time iam cursar uma universidade. Todos os caras do nosso time tinham seus próprios carros. Todos os caras do nosso time tinham iPods e telefones celulares e PSPs e três pares de jeans e dez camisas e mães e pais que frequentavam a igreja e que tinham bons empregos.

Tudo bem, admito que meus companheiros de time brancos tinham também seus problemas, alguns sérios, até, mas nenhum dos seus problemas constituía ameaça às suas vidas.

Fiquei olhando para os Redskins de Wellpinit, para Rowdy.

Eu sabia que dois ou três daqueles índios poderiam não ter feito a refeição daquela manhã.

Não tinham comida em casa.

Eu sabia que sete ou oito daqueles índios viviam com pais e mães alcoólatras.

Eu sabia que o pai de um daqueles índios era traficante de crack e de cocaína.

Eu sabia que dois daqueles índios tinham os pais na cadeia.

Eu sabia que nenhum deles cursaria uma universidade. Nem mesmo um deles.

Eu sabia que o pai de Rowdy provavelmente arrancaria o couro dele por ter perdido o jogo.

Tive um súbito desejo de pedir desculpas a Rowdy e a todos os outros spokanes.

Senti-me subitamente envergonhado por desejar tanto me vingar deles.

Senti-me subitamente envergonhado de meu rancor, de minha raiva, de minha dor.

Saltei dos ombros de meus colegas de time e corri para o vestiário. Corri para o banheiro, para um dos vasos sanitários, e vomitei.

Depois chorei como um bebê.

O treinador e meus colegas pensaram que eu estivesse chorando de felicidade.

Mas eu não estava.

Minhas lágrimas eram de vergonha.

Eu estava chorando porque tinha partido o coração do meu melhor amigo.

Mas Deus dá sempre um jeito, acho eu.

Wellpinit não se recuperou daquela derrota para nós. Eles só venceram mais um ou dois jogos naquela temporada e não se classificaram para as finais.

Nós, por outro lado, não perdemos mais jogo algum no campeonato regular e entramos com o primeiro lugar nas finais do estado.

Jogamos com o time de Almira Coulee-Hartline, uma escolinha rural minúscula que nos derrotou quando um menino chamado Keith fez uma cesta do meio da quadra quando a campainha estava tocando. Foi uma terrível decepção.

Todos choramos no vestiário horas a fio.

O treinador chorou também.

Acho que é só em ocasiões assim que homens e meninos choram juntos para valer e não apanham por causa disso.

Rowdy e eu temos uma conversa longa e séria sobre basquete

❈

Alguns dias depois do término da temporada de basquete, mandei um e-mail para Rowdy dizendo a ele que eu lamentava os termos massacrado daquela maneira e que o resto do campeonato tenha sido tão ruim para eles.

"Vamos acabar com vocês no próximo ano", escreveu Rowdy em resposta. "E você vai chorar como a bichinha que é."

"Posso ser bichinha", respondi, "mas sou a bichinha que te deu uma surra".

"Ha ha", escreveu Rowdy.

Bem, isso pode parecer uma sequência de insultos homofóbicos, mas acho que foi também um pouquinho amistosa. Era a primeira vez que Rowdy falava comigo desde que passei a estudar fora da reserva.

Eu era uma bichinha feliz!

Por que os russos não são sempre gênios
✸

Quando minha avó morreu, minha vontade era de entrar no caixão com ela. Quando o melhor amigo do meu pai morreu com um tiro na cara, eu me perguntei se não estaria destinado a morrer com um tiro na cara também.

Se considerarmos a quantidade de rapazes spokanes mortos em acidentes de carro, acho que meu destino é morrer em um acidente de carro também.

Nossa, já estive em enterros demais em minha vida ainda curta.

Tenho 14 anos de idade e já fui a quarenta e dois enterros.

Esta é mesmo a maior diferença entre índios e brancos.

Uns poucos colegas de turma meus já foram ao enterro de um dos avós. Um ou outro foi ao enterro de um tio ou uma tia. O irmão de um deles morreu de leucemia quando estava no terceiro ano.

Mas nenhum ali esteve em mais de cinco enterros.

Todos os meus amigos brancos podem contar suas mortes nos dedos de uma das mãos.

Eu posso contar nos dedos das duas mãos, nos dos pés, braços, olhos, orelhas, nariz, pênis, duas metades da bunda e nos mamilos e ainda não chego perto da quantidade das minhas mortes.

E querem saber da pior parte? Da parte mais infeliz? Cerca de noventa por cento dessas mortes foi por causa de bebida.

Gordy me mostrou o livro de um carinha russo chamado Tolstoi, que escreveu o seguinte: "As famílias felizes parecem-se todas; cada família infeliz é infeliz à sua maneira." Bem, detesto discutir com um gênio russo, mas Tolstoi não conheceu índios. E ele não sabia que todas as famílias indígenas são infelizes exatamente pela mesma razão: o diabo da bebida.

Pois é. Então façamos um brinde a Tolstoi e deixemos que ele pense um pouco mais sobre a verdadeira definição de famílias infelizes.

A essa altura vocês devem estar me achando extra-amargo. E eu devo concordar com vocês. Estou sendo extra-amargo, mesmo. Mas eu vou dizer por quê.

Hoje, por volta das nove horas da manhã, quando eu estava na aula de química, ouvimos uma batida à porta, e a senhorita Warren, a orientadora educacional, entrou na sala. O professor de química, dr. Noble, detesta ser interrompido. Por isso ele olhou para a senhorita Warren já com má vontade.

— Posso ajudá-la, senhorita Warren? — Perguntou o dr. Noble. O jeito que ele falou parecia um insulto.

— Pode — disse ela. — Posso falar com Arnold em particular?

— Não dá para esperar? Vamos fazer um teste dentro de alguns minutos.

— Preciso falar com ele agora. Por favor.

— Então está bem. Arnold, por favor acompanhe a senhorita Warren.

Juntei meus livros e segui a senhorita Warren até o corredor. Eu estava um pouco preocupado. Tentei me lembrar se havia feito alguma coisa errada. Não consegui pensar em coisa alguma que eu tivesse feito que merecesse repreensão. Mas continuava preocupado. Eu não queria me meter em nenhuma confusão.

— O que houve, senhorita Warren? — perguntei.

Subitamente ela começou a chorar. Caiu em prantos. As lágrimas escorriam pelo rosto dela. Pensei que ela fosse se jogar no chão e começar a gritar e a se debater como uma criancinha de dois anos.

— Nossa, senhorita Warren, o que houve? Qual é o problema?

Ela me deu um abraço apertado. Devo admitir que a sensação que senti foi boa. A senhorita Warren deve estar chegando aos cinquenta aninhos, mas ainda é bem gostosa. É toda magrinha e musculosa porque está sempre fazendo *jogging*. Então eu... bem... reagi fisicamente ao abraço dela.

O problema foi que a senhorita Warren ficou me abraçando tão apertado que tenho quase certeza de que ela sentiu minha... bem... minha reação física.

Até que fiquei bem orgulhoso, sabe?

— Arnold, eu sinto muito — disse ela. — Mas acabo de receber um telefonema de sua mãe. Foi sua irmã. Ela faleceu.

— O que a senhora quer dizer com isso? — perguntei. Eu sabia o que ela queria dizer com aquilo, mas queria que ela dissesse coisa diferente.

— Sua irmã se foi — disse a senhorita Warren.

— Eu sei que ela se foi — disse eu. — Ela está morando em Montana agora.

Eu sabia que estava sendo idiota. Mas achava que se continuasse a ser idiota, a não entender a verdade, a verdade acabaria virando mentira.

— Não — disse a senhorita Warren. — Sua irmã está morta.

Pronto. Não dava mais para fingir que não entendia. Morta é morta.

Eu estava atônito. Mas não estava triste. A tristeza não me atingiu imediatamente. Não. E continuaria a pensar, envergonhado, na minha reação física ao abraço. É isso mesmo, eu estava com uma ereção das boas quando fiquei sabendo da morte da minha irmã.

Seria eu um pervertido? Como era possível controlar os hormônios?

— Como foi que ela morreu? — perguntei.

— Seu pai já está vindo buscar você — disse a senhorita Warren. — Estará aqui dentro de alguns minutos. Você pode esperar na minha sala.

— Como foi que ela morreu? — perguntei de novo.

— Seu pai já está a caminho para buscar você — disse a senhorita Warren novamente.

Eu sabia que ela não queria me dizer como minha irmã havia morrido. Imaginei que tivesse sido uma morte horrível.

— Ela foi assassinada? — perguntei.

— Seu pai está vindo.

Que diabo, a senhorita Warren era mesmo uma orientadora educacional de quinta categoria. Ela não sabia o que me dizer. Mas também não dava para exigir muito. Ela nunca tinha orientado um aluno cuja irmã acabara de morrer.

— Minha irmã foi assassinada? — perguntei.

— Por favor — disse a senhorita Warren —, você precisa conversar com seu pai.

Ela estava com uma cara tão triste, que eu a deixei pra lá. Isto é, não deixei tudo pra lá. Eu certamente não estava a fim de esperar na sala dela. A sala de orientação era cheia de livros de autoajuda, de pôsteres inspiradores, apostilas de testes, folhetos de universidades e formulários para solicitação de bolsas de estudos. Eu sabia que nada daquilo, absolutamente nada, servia para coisa alguma.

Eu sabia que provavelmente faria um estrago na sala dela se tivesse que esperar lá.

— Senhorita Warren — disse eu —, quero esperar lá fora.

— Mas está nevando — disse ela.

— Bem, é o clima adequado, não?

A pergunta era retórica, o que significa que ela não tinha nada que responder, certo? Pois a pobre senhorita Warren respondeu à minha pergunta retórica.

— Não, eu não acho que seja uma boa ideia você esperar na neve — disse ela. — Você está muito vulnerável neste momento, Arnold.

VULNERÁVEL! Ela me disse que eu estava vulnerável. Minha irmã morreu. É claro que eu estava vulnerável. Eu era um índio da reserva em uma escola só de brancos e minha irmã acabara de ter uma morte horrível. Eu era o garoto mais vulnerável dos Estados Unidos. A senhorita Warren estava obviamente tentando ganhar a coroa de Rainha da Obviedade.

— Vou esperar lá fora — disse.

— Então vou esperar com você — disse ela.

— Dane-se — disse eu. E corri.

A senhorita Warren tentou correr atrás de mim, mas estava usando sapatos de salto alto. Ela chorava sem saber absolutamente o que fazer ante minha reação àquela notícia. Chorava porque eu mandei que ela se danasse. Ela até que era boazinha. Boazinha demais para lidar com a morte. Por isso só correu umas passadas atrás de mim, parou e se encostou na parede.

Corri até meu armário, agarrei meu casaco e saí. Já havia mais de um palmo de neve no chão. Uma forte tempestade de neve estava se armando. Subitamente me ocorreu a ideia de que meu pai pudesse sofrer um acidente com o carro naquelas estradas cobertas de gelo.

Pronto. Isso não completaria o que faltava?

Pois é, uma tragédia perfeitamente indígena.

Imaginem só as histórias que eu teria para contar.

"Bem, quando eu era menino, mal fiquei sabendo que minha irmã morreu, descobri que meu pai tinha morrido em um acidente de carro quando ia me buscar na escola."

E assim fui ficando absolutamente aterrorizado enquanto esperava.

Rezei, pedindo a Deus que meu pai chegasse ali dirigindo seu velho carro.

"Por favor, Deus, por favor, não mate meu pai. Por favor, Deus, por favor, não mate meu pai."

Dez, quinze, vinte minutos se passaram. Meia hora se passou. Eu estava congelando. Minhas mãos e meus pés pareciam blocos de gelo. Coriza escorria pelo meu rosto. Minhas orelhas queimavam com o frio.

"Apareça, Papai. Por favor, apareça. Apareça Papai, por favor, por favor."

Por fim eu já estava absolutamente convencido de que meu pai estava morto também. Ele já estava demorando demais. Ele tinha saído da pista e caído no rio Spokane. Ou tinha derrapado e atravessado a pista, indo se chocar com um caminhão carregado de madeira.

"Pai, Pai, Pai, Pai!"

E quando eu já estava a ponto de começar a gritar e a correr como um louco, meu pai chegou.

Comecei a rir. Eu me senti tão aliviado, tão feliz, que RIA. E não podia parar de rir.

Desci a ladeira correndo, pulei para dentro do carro e abracei meu pai com toda força. E ri, ri, ri sem parar.

— Junior — disse ele —, o que está acontecendo com você?

— Você está vivo! — gritei. — Você está vivo!

— Mas sua irmã... — disse ele.

— Eu sei, eu sei — disse eu. — Ela está morta. Mas você esta vivo. Você continua vivo.

E eu ria, ria, ria. Não conseguia parar de rir. Tive a impressão que podia morrer de rir.

[Ilustração: Filho, você está me deixando assustado.]

Eu não entendia por que estava rindo. Ainda ria quando o carro deixou Reardan e seguiu pela estrada, sob uma tempestade de neve, de volta para a reserva.

Por fim, quando entramos na reserva, parei de rir.

— Como foi que ela morreu? — perguntei.

— Teve uma festa na casa dela, no trailer onde ela morava em Montana...

Pois é, minha irmã e o marido dela moravam em um trailer velho que mais parecia uma lata velha do que uma moradia.

— Eles deram uma festa... — disse meu pai.

CLARO QUE ELES DERAM UMA FESTA! CLARO QUE ESTAVAM BÊBADOS! ERAM ÍNDIOS, NÃO ERAM?

— Eles deram uma festa — repetiu meu pai —, e sua irmã e o marido estavam tão bêbados que perderam a consciência no quarto. Alguém tentou esquentar alguma coisa no fogão, depois saiu sem apagar. O fogo pegou em uma cortina e se espalhou. O trailer se incendiou rapidamente.

Juro que quando Papai disse isso pude ouvir os gritos da minha irmã.

— A polícia disse que sua irmã nem chegou a acordar — disse meu pai. — Estava bêbada demais.

Meu pai tentava me consolar. Mas não é consolo saber que sua irmã estava TÃO TERRIVELMENTE BÊBADA que não sentiu dor alguma quando estava MORRENDO QUEIMADA!

E, por algum motivo, esse pensamento me fez voltar a rir, agora ainda mais. Eu ria tanto que até vomitei um pouco. Cuspi um pedacinho de melão que ficou na minha boca, o que foi muito estranho, já que eu não tinha comido melão. Odeio melão desde pirralho. Não consegui me lembrar da última vez em que comi essa maldita fruta.

E aí me lembrei de que minha irmã adorava melão.

Esquisito, não?

Isso me deixou tão doido que me pus a gargalhar com mais força ainda. Eu dava socos no painel do carro e batia com os dois pés no chão.

Aquela risada estava me deixando absolutamente enlouquecido.

Meu pai não dizia uma só palavra. Continuava a dirigir sem sequer olhar para o lado. E eu ria durante todo o caminho de casa. Na verdade, ri até a metade do caminho, porque adormeci.

Plof, sem mais nem menos.

A coisa tinha ficado tão intensa, tão insuportável, que meu corpo pediu um tempo. É isso aí. Minha mente, meu espírito e meu coração fizeram uma reunião rápida e decidiram fechar para reparos.

E imaginem o que aconteceu! Sonhei com melões!

Bem, sonhei com um piquenique da escola quando eu tinha sete anos. Havia cachorro-quente, hambúrguer, refrigerantes, batata frita, melancia e melão.

Comi uns sete pedaços de melão.

Fiquei com as mãos e o rosto lambuzados.

Eu tinha comido tanto melão, que me sentia como um melão.

Bem, acabei de comer e fui brincar, rindo e gritando com meus amigos. Aí senti uma coisa coçando na minha bochecha. Quando fui coçar, esmaguei uma vespa que estava sugando o doce do meu rosto melado.

Vocês já foram picados no rosto por uma vespa? Bem, eu fui e por isso detesto melão.

Acordei desse sonho, ou melhor, desse pesadelo justamente quando estávamos chegando à nossa casa.

— Chegamos — disse meu pai.

— Minha irmã está morta — disse eu.

— Está.

— Eu tinha esperanças de ter sonhado isso.

— Eu também.

— Eu estava sonhando com aquele dia em que fui picado por uma vespa.

— Eu me lembro disso — disse Papai. — Tivemos que levar você para o hospital.

— Eu pensava que fosse morrer.

— Nós levamos um grande susto também.

Meu pai começou a chorar. Não eram lágrimas grandes. Eram lágrimas miúdas que ele tentava conter. Acho que ele queria ser forte diante do filho. Mas não conseguiu. Continuou a chorar.

Não chorei.

Estendi a mão, enxuguei as lágrimas do rosto dele e as provei.

Salgadas.

— Eu te amo — disse ele.

Poxa! Ele quase nunca dizia isso.

— Eu te amo também, Pai — disse eu.

Eu nunca tinha dito isso a ele.

Entramos em casa.

Minha mãe estava encolhida como uma bola no sofá.

Havia uns vinte e cinco ou trinta primos meus lá em casa, comendo toda a nossa comida.

Alguém de sua família morre e as pessoa vão para sua casa comer toda a sua comida. Engraçado, não?

— Mãe — disse eu.

— Ah, Junior — disse ela, e me puxou para o sofá.

— Sinto muito, Mãe. Sinto muito.

— Não me abandone — disse ela. — Não me abandone nunca.

Ela estava descontrolada. Mas quem não estaria em seu lugar? Tinha perdido a mãe e a filha com poucos meses de diferença entre uma e outra. Quem consegue se recuperar de uma coisa dessas? Quem consegue voltar a ser o que era? Eu sabia que minha mãe estava desesperada e que ficaria desesperada para sempre.

— Nunca, nunca beba, meu filho — disse ela e em seguida me deu um tapa. Depois deu mais outro e ainda outro. E COM FORÇA! — Prometa à sua mãe que nunca vai beber.

— Está bem, Mãe. Prometo.

Não dava para acreditar. Minha irmã se matou com bebida e era eu quem levava tapas.

Onde estava Leon Tolstoi quando eu precisava dele? Eu queria que ele aparecesse ali para que minha mãe desse os tapas nele, não em mim.

Bem, minha mãe parou de me estapear, graças a Deus, mas continuou a me segurar ali por várias horas. A me segurar como se eu fosse um bebê. E não parava de chorar. As lágrimas não paravam de cair. Minhas roupas e meus cabelos ficaram encharcados das lágrimas dela.

Foi como se ela tivesse me dado um banho de tristeza.

Como se tivesse me batizado com sua dor.

É claro que aquela cena era chocante demais para as pessoas testemunharem, por isso todos os meus primos se foram. Meu pai foi para o quarto dele.

Ficamos ali, só minha mãe e eu. Só as lágrimas dela e eu.

Mas não chorei. Fiquei abraçando minha mãe e querendo que aquilo acabasse logo. Minha vontade era dormir novamente e sonhar com vespas de novo. Isso mesmo. Qualquer pesadelo seria melhor do que minha realidade.

E aí acabou.

Minha mãe adormeceu e me soltou.

Fui até a cozinha. Estava com uma fome danada, mas meus primos haviam comido quase tudo da casa. Acabei jantando bolachas e água.

Como se eu estivesse na cadeia.

Poxa.

Dois dias depois, enterramos minha irmã no cemitério católico, perto da área do powwow.

Praticamente não me lembro do velório. Praticamente não me lembro do enterro tampouco. Praticamente não me lembro de nada.

Eu estava envolto em uma estranha neblina.

Não.

Era mais como se eu estivesse em um cubículo, o menor cubículo do mundo. Sem sair do lugar, eu poderia tocar em todas as paredes, que eram de vidro e estavam sujas, como que engorduradas. Eu via figuras, mas não via detalhes. Dá pra entender?

E sentia frio. Muito frio.

Estava ficando congelado.

Era como se houvesse uma tempestade de neve dentro do meu peito.

Mas toda aquela neblina, aquelas paredes de vidro sujas e toda aquela tempestade de neve desapareceram no instante em que baixaram o caixão da minha irmã na cova. Os caras tinham levado uma eternidade para cavar a terra congelada. Quando o caixão encostou no fundo, fez um ruído como se fosse um suspiro. Juro.

Como um suspiro.

Como se o caixão estivesse se acomodando para um sono muito longo, um sono para sempre.

E aí acabou.

Eu precisava dar o fora dali.

Saí correndo do cemitério em direção ao bosque do outro lado da estrada. Minha vontade era desaparecer no meio do bosque, de nunca mais ser encontrado.

Mas vocês não adivinham o que aconteceu.

Eu ia desabalado e dei um violento encontrão em Rowdy, que estava ali escondido, vendo o enterro. Cada um caiu para um lado.

Rowdy se ajeitou, mas não se levantou do chão. Eu também continuei sentado, atônito.

Ficamos assim os dois, a olhar um para o outro.

Rowdy estava chorando. O rosto dele brilhava de lágrimas.

— Rowdy — disse eu. — Você está chorando.

— Não estou — disse ele. — Você é que está.

Passei a mão pelo meu rosto. Estava seco. Nenhuma lágrima ainda.

— Não consigo me lembrar de como se chora — disse eu.

Isso fez com que Rowdy desse uma espécie de soluço engasgado. Ele ficou um pouco sem ar e aí mais lágrimas rolaram dos olhos dele.

— Você está chorando — repeti.

— Não estou.

— Não faz mal; eu também sinto saudades da minha irmã. Eu gostava muito dela.

— Já disse que não estou chorando.

— Então está bem.

Estendi a mão e toquei no ombro de Rowdy. Um grande erro. Não deveria ter feito isso. Ele me deu um soco. Bem, se pegasse ele teria me dado um soco, mas ele ERROU!

ROWDY ERROU UM SOCO!

A mão fechada dele passou zunindo por cima da minha cabeça.

— Caramba! — disse eu. — Você errou!

— Errei de propósito.

— Não, você não errou de propósito. Errou porque seus olhos ESTÃO CHEIOS DE LÁGRIMAS!

Isso fez com que eu risse.

Pois é, comecei a rir como um maluco novamente.

Ri de rolar pelo chão gelado. Ri, ri, ri.

Eu não queria rir. Eu queria parar de rir. Queria segurar Rowdy e não largar mais.

Ele era meu melhor amigo e eu precisava dele. Mas eu não conseguia parar de rir.

Olhei para Rowdy, e ele agora chorava abertamente.

Pensava que eu estivesse rindo dele.

Em condições normais, Rowdy arrebentaria o cara que ousasse rir dele. Mas as condições ali não eram normais.

— A culpa foi toda sua — disse ele.

— Culpa de quê?

— Sua irmã está morta porque você nos deixou. Você matou sua irmã.

Isso fez com que eu parasse de rir. De repente tive a impressão de que nunca mais riria na minha vida.

Rowdy tinha razão.

Eu tinha matado minha irmã.

Não diretamente, mas tinha matado.

Ela só se casou tão depressa e só deixou a reserva tão depressa porque eu tinha deixado a reserva primeiro. Ela só estava vivendo em Montana, naquele trailer vagabundo, porque eu tinha ido estudar em Reardan. Tinha morrido queimada porque eu decidira que queria ir viver com os brancos.

A culpa era toda minha.

— Eu te odeio! — gritou Rowdy. — Eu te odeio! Eu te odeio!

Em seguida ele se levantou de um salto e saiu correndo.

Rowdy correu!

Ele nunca havia corrido de ninguém ou de coisa alguma. Mas agora ele estava correndo.

Fiquei vendo Rowdy desaparecer bosque adentro.

Pensei que aquela fosse talvez a última vez em que o veria.

Na manhã seguinte, fui à escola. Não sabia que outra coisa fazer. Não queria ficar em casa o dia inteiro, conversando com um milhão de primos. Com minha mãe fazendo comida para todo mundo e meu pai escondido em seu quarto.

Sabia que todos contariam histórias de Mary.

E o tempo todo, eu pensando: "Pois é, e vocês já ouviram a história de como eu matei minha irmã quando fui estudar fora da reserva?"

E o tempo todo as pessoas estariam bebendo e ficando bêbadas, estúpidas, tristes e cruéis. É isso aí. Até que faz sentido, não? Que melhor maneira de prestar homenagem a um casal que morreu de porre?

EI, VAMOS TOMAR UM PORRE!

Está bem, sei que estou sendo um sujeitinho ordinário e cruel. Sei que as pessoas estavam muito tristes. Sei que a morte da minha irmã fazia com que elas lembrassem de todas as suas mortes. Sei que uma morte nunca se soma às outras; elas se multiplicam. Mesmo assim, não dava para ficar ali vendo toda aquela gente se embebedar. Simplesmente não dava. Se fosse uma casa cheia de índios chorando, rindo e contando histórias sobre a minha irmã, eu teria ficado e me juntado a eles naquela cerimônia.

Mas todo mundo estava bêbado.

Todo mundo estava infeliz.

E estavam bêbados e infelizes da mesma maneira.

Então fugi de casa e fui para a escola. Andei na neve por alguns quilômetros até que um funcionário branco do Serviço de Proteção aos Índios me deu uma carona até a porta da escola.

Entrei. O corredor estava cheio de meninos, meninas e professores que vieram falar comigo, me abraçar, dar um tapinha no ombro ou na barriga.

Eles estavam preocupados comigo. Eles queriam me ajudar nesse momento difícil.

Eu era importante para eles.

Eles se importavam.

Poxa!

Todos aqueles meninos, meninas e professores brancos que me olharam com tanta desconfiança logo que entrei para a escola haviam aprendido a se importar comigo. Talvez alguns deles até gostassem de mim. E eu também vira toda aquela gente com desconfiança. Agora eu gostava de muitos deles. E até amava alguns.

Penelope, por fim, se aproximou.

Ela estava CHORANDO. Mesmo com o nariz escorrendo ela continuava sexy.

— Sinto muito pelo que aconteceu com sua irmã — disse ela.

Eu não sabia o que dizer a ela. O que se pode dizer a alguém que pergunte como você se sente ao perder tudo na vida? Quando todos os planetas do seu sistema solar explodiram?

Meu último boletim como calouro

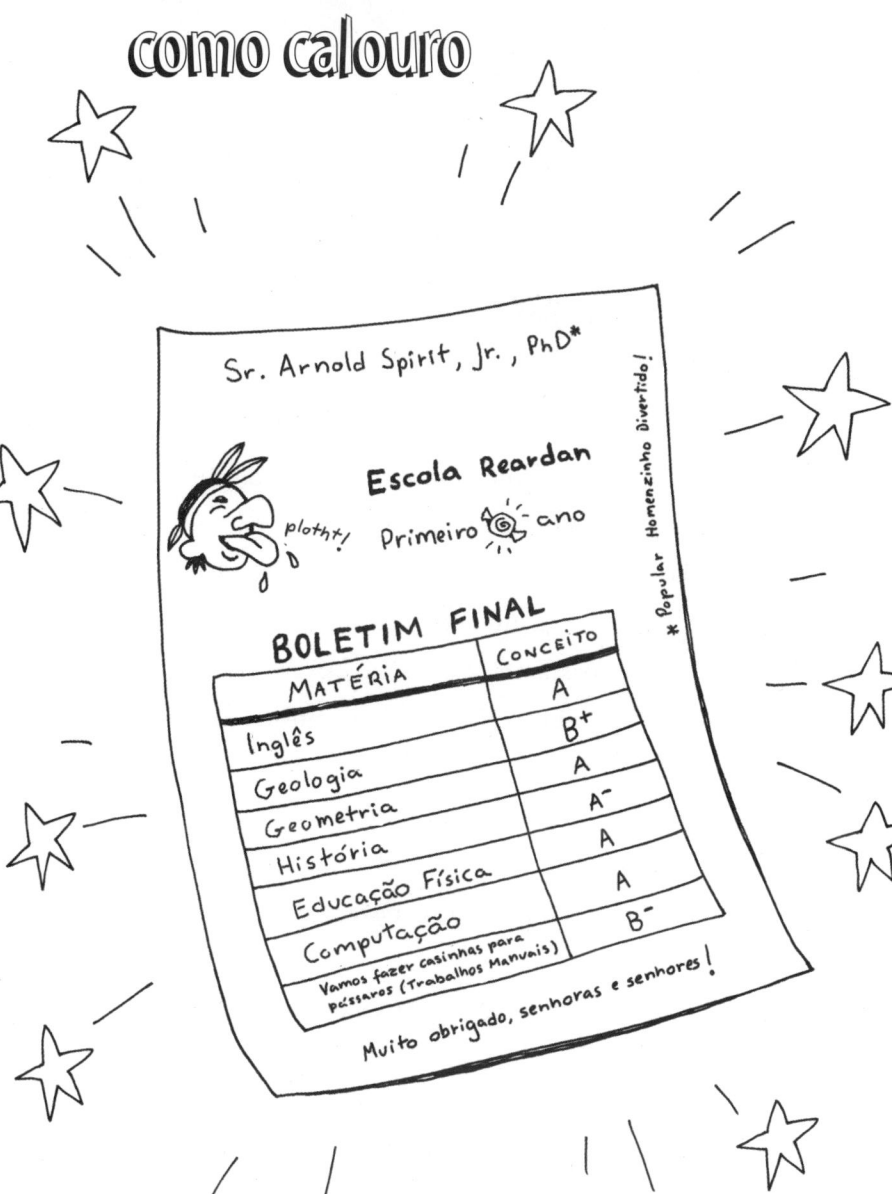

Sr. Arnold Spirit, Jr., PhD*

Escola Reardan
Primeiro ano

plotht!

* Popular Homenzinho Divertido!

BOLETIM FINAL

MATÉRIA	CONCEITO
	A
Inglês	B+
Geologia	A
Geometria	A-
História	A
Educação Física	A
Computação	B-
Vamos fazer casinhas para pássaros (Trabalhos Manuais)	

Muito obrigado, senhoras e senhores!

Lembranças

❋

Hoje minha mãe, meu pai e eu fomos ao cemitério e limpamos os túmulos.

Cuidamos de Vovó Spirit, de Eugene e de Mary.

Mamãe preparou um piquenique e Papai levou o saxofone, e assim passamos o dia todo lá.

Nós, índios, sabemos homenagear nossos mortos.

Eu me senti bem.

Minha mãe e meu pai se deram as mãos e se beijaram.

— Ei, vocês não podem namorar no cemitério! — disse eu.

— Amor e morte — disse meu pai. — Amor e morte é só o que há.

— O senhor é doido — falei.

— Doido por você — respondeu ele.

E me abraçou.

E abraçou minha mãe.

Ela ficou com os olhos cheios de lágrimas.

E segurou meu rosto entre as mãos.

— Junior — disse ela —, tenho muito orgulho de você.

Essa era a melhor coisa que ela podia ter me dito.

Em meio a esta vida tão louca e tão cheia de bebida, a pessoa precisa agarrar com força os momentos bons e sóbrios.

Eu estava feliz. Mas continuava a sentir saudades da minha irmã e isso não tinha jeito, por mais amor que meus pais me dessem, por mais confiança que eles depositassem em mim.

Eu amo minha irmã e sempre vou amar.

Ela era uma pessoa incrível. Foi muito corajosa ao sair do porão e ir morar em Montana. Ela foi à luta por seus sonhos. Não os realizou, mas tentou.

Eu continuava a tentar. Talvez acabasse morrendo também, mas eu sabia que se ficasse na reserva morreria certamente.

Chorei por minha irmã e chorei por mim.

Mas era por minha tribo que eu chorava também.

Chorava porque sabia que mais cinco, ou dez, ou quinze spokanes morreriam dentro de um ano, e a maioria das mortes seria por causa de bebida.

Eu chorava porque muitos dos meus companheiros de tribo estavam se matando aos poucos e eu os queria vivos. Eu queria que todos eles fossem fortes, sóbrios e que saíssem daquela reserva.

Estranho. Muito estranho.

As reservas existem para servirem de prisão aos índios, vocês sabiam? Espera-se que os índios se mudem para as reservas e que morram por lá. Espera-se que a gente desapareça.

Mas, por alguma razão, os índios se esqueceram de que as reservas são campos de morte.

Eu chorava por ser o único dali louco e corajoso o suficiente para deixar a reserva. O único com arrogância suficiente.

Eu chorava sem parar porque sabia que nunca ia beber nem me matar e porque teria uma vida melhor no mundo dos brancos.

Foi ali, também, que me dei conta de que era um menino índio solitário, mas que não estava sozinho na minha solidão. Milhões de outros americanos deixam o lugar onde nasceram perseguindo seus sonhos.

E me dei conta de que seria sempre um índio spokane. De que pertenceria sempre à minha tribo, mas que também pertencia à tribo de migrantes americanos. E também à tribo dos jogadores de basquete. E à tribo dos ratos de biblioteca.

E à tribo dos cartunistas.

E à tribo dos masturbadores crônicos.

E à tribo dos meninos adolescentes.

E à tribo dos meninos de cidadezinha do interior.

E à tribo dos habitantes do noroeste americano.

E à tribo dos amantes de tortilla chips.

E à tribo dos pobres.

E à tribo dos que vão muito a enterros.

E à tribo dos filhos amados.

E à tribo dos meninos que morrem de saudades de seus melhores amigos.

Meninos podem dar as mãos até fazerem 9 anos.

Rowdy e eu na 3ª série, pulando no Lago da Tartaruga.

Essa foi uma enorme conclusão a que cheguei. E foi só então que soube que eu ia ficar bem.

Mas isso me fez pensar nas pessoas que não iam ficar bem.

Pensei em Rowdy.

Eu sentia muitas saudades dele.

Queria encontrá-lo, abraçá-lo e pedir que me desculpasse por ter partido.

Falando de tartarugas

A reserva é um lugar bonito.

Verdade, mesmo.

Basta olhar pra ver que é.

Há pinheiros por toda parte. Milhares de pinheiros do tipo ponderosa. Milhões. São tantos, que a gente passa por eles e nem nota que estão ali. Pinheiros e mais pinheiros. Altos, esguios, verdes e marrons e grandes.

Alguns daqueles pinheiros têm uns vinte e cinco metros de altura e mais de trezentos anos de idade.

São mais velhos do que os Estados Unidos.

Alguns deles já estavam lá quando Abraham Lincoln foi presidente.

Alguns já estavam lá quando George Washington foi presidente.

Alguns já estavam lá quando Benjamin Franklin nasceu.

Bota tempo nisso.

Provavelmente já subi em uma centena de árvores em toda a minha vida. Subi nas doze que há nos fundos da minha casa e mais numas cinquenta ou sessenta de um pequeno bosque do outro lado do campo. E mais numas vinte ou trinta ao redor da nossa pequena vila. Fora as que eu subi na mata fechada.

E também naquele monstro enorme que fica na estrada que vai para o limite a oeste da reserva, passando pelo Lago da Tartaruga.

Essa aí tem bem mais de trinta metros de altura. Talvez uns quarenta e cinco. Daria para construir uma casa só com a madeira dessa árvore.

Quando éramos pequenos, Rowdy e eu subimos nessa danada um dia.

Provavelmente foi uma grande besteira que fizemos. Corrigindo: foi mesmo uma grande besteira que fizemos. Nós não tínhamos a experiência dos madeireiros, nem o equipamento que eles têm. Contávamos só com nossas mãos e nossos pés. E com uma bruta sorte.

Naquele dia não sentimos medo de cair. Acho que esse medo de cair que eu tenho vai me acompanhar por toda a vida, mas naquele dia não tive medo da gravidade. A gravidade nem *existia*.

Era o mês de julho, quente e seco como o inferno. Já havia uns dois meses que não chovia. Época da seca mesmo, pra valer. Os urubus voavam em círculos no céu quente.

Na maior parte do tempo, Rowdy e eu ficávamos no porão, que era um pouco menos quente do que o resto da casa. Passávamos o tempo lendo, vendo televisão e jogando videogames.

Muitas vezes não fazíamos coisa alguma. Ficávamos ali sentados, sonhando com um aparelho de ar condicionado.

— Quando eu ficar rico e famoso — disse Rowdy —, vou ter uma casa com ar condicionado em todos os cômodos.

— A Sears tem uns aparelhos de ar condicionado que podem esfriar a casa toda — falei.

— Um aparelho só? — perguntou Rowdy.

— É. Ele fica do lado de fora e é conectado às tubulações, saídas de ar e coisa e tal.

— Legal! Quanto custa um desses?

— Alguns milhares de dólares, eu acho.

— Eu nunca vou ter esse dinheiro todo.

— Vai sim, quando você jogar na NBA.

— Se eu chegar a ser jogador profissional de basquete, só vai dar pra eu jogar num lugar como a Suécia, a Noruega, a Rússia, ou coisa assim. E aí eu não vou precisar de ar condicionado. Na certa vou morar num iglu e ser dono de um alce ou coisa assim.

— Você vai jogar por Seattle, cara.

— Sei não.

Rowdy não acreditava nele mesmo. Ele era assim. Por isso eu tentava animá-lo.

— Você é o cara mais durão da reserva — dizia eu.

— Sei disso.

— O mais rápido, o mais forte.

— E o mais bonito também.

— Se eu tivesse um cachorro com uma cara igual à sua, raspava a bunda dele e ensinava o bicho a andar pra trás.

— Quer saber? Eu já tive um furúnculo que se parecia com você. Quando ele estourou, ficou ainda mais parecido, cara.

— Pois um dia eu comi três cachorros-quentes e mais um monte de besteiras, aí tive uma diarreia que sujou o chão todo. E sabe, cara, ela se parecia com você.

— E aí você comeu tudo, não foi? — disse Rowdy.

Nós caímos na gargalhada. Ficamos suados de tanto rir.

— Vê se não me faz rir, tá? — comentei. — Está quente demais para rir.

— Está quente demais pra ficar sentado aqui. Vamos nadar.

— Onde?

— No Lago da Tartaruga.

— Então vamos.

O problema era que eu morria de medo do Lago da Tartaruga. Não que ele fosse muito grande. Tinha só um quilômetro e meio de extensão ao redor. Talvez menos. Mas era fundo, muito fundo. Ninguém jamais chegou ao fundo dele. Como não nado bem, sempre tive medo de me afogar lá e ninguém nem encontrar o meu cadáver.

Certa vez uns cientistas chegaram lá com um minissubmarino para tentar encontrar o fundo, mas o lago tinha tanta lama que eles não puderam ver coisa alguma. Além do mais, a mina de urânio que fica perto dali fez com que os radares e sonares endoidassem. Aí eles acabaram desistindo.

O lago é redondo. Perfeitamente redondo. Por isso os cientistas disseram que ele deveria ser a cratera de um vulcão antigo e adormecido.

É isso mesmo. Um vulcão em nossa reserva!

O lago era profundo assim porque a cratera do vulcão, com seus túneis de saída de lava, ia até o centro da Terra. O lago era *infinitamente* profundo, então.

Havia lendas e mitos de todo tipo acerca do lago. Isto é: nós, índios, adoramos inventar um montão de baboseiras sobre lagos, sabiam?

Uns dizem que ele se chama Tartaruga porque é redondo e verde como o casco de uma tartaruga. Outros dizem que é porque antigamente ele era cheio de tartarugas de verdade.

Outros, ainda, dizem que é porque ali vivia uma tartaruga gigantesca que comia índios.

Uma tartaruga jurássica. Tipo Steven Spielberg. Tipo "King Kong *versus* a Tartaruga Gigante da Reserva".

Eu não acreditava no mito da tartaruga gigante naquela ocasião. Era velho demais para isso e não era bobo. Mas não deixo de ser índio e índios gostam de ter medo. Não sei qual é o problema conosco, mas adoramos coisas assombrosas. Adoramos monstros.

Eu morria de medo era de uma outra história que meu pai me contou.

Quando ele era menino, viu um cavalo se afogar no Lago da Tartaruga e desaparecer.

— Tinha gente que dizia ter visto uma tartaruga gigantesca puxando o cavalo para o fundo — disse Papai. — Mas isso era mentira. Um bando de gente tola. O cavalo é que era muito burro, isso sim. Era tão burro, que o nome dele era Cavalo Burro.

Pois bem, o Cavalo Burro afundou nas profundezas infindas do Lago da Tartaruga e todo mundo achou que essa história acabasse ali.

Mas poucas semanas depois o cadáver do Cavalo Burro foi dar na margem do Lago Benjamin, a quinze quilômetros do Lago da Tartaruga.

— Todo mundo ficou achando que alguns gaiatos tivessem encontrado o cadáver do cavalo e o levado para lá — disse Papai. — Só para assustar as pessoas.

Todos acharam graça na brincadeira. Aí uns caras jogaram o bicho na caçamba de um caminhão, levaram para um lixão e tocaram fogo nele.

Uma história simples, certo?

Errado. A história não termina aqui.

— Bem, algumas semanas depois disso, uns meninos estavam nadando no Lago da Tartaruga quando o lago todo pegou fogo.

É ISSO MESMO. O LAGO TODO PEGOU FOGO!

Os meninos nadavam perto do ancoradouro. Como o lago era fundo, a maioria dos meninos só nadava perto da margem. O fogo começou no meio do lago, por isso eles tiveram tempo de sair da água antes que todo o lago ardesse em chamas como se fosse uma bacia de gasolina.

— O fogo ardeu durante algumas horas — disse Papai. — Intensa e rapidamente. E então se apagou. Assim, sem mais nem menos. As pessoas não se aproximaram do lago por alguns dias e depois foram ver o que tinha acontecido. Adivinhe o que encontraram! O Cavalo Burro novamente, junto à margem do lago!

Apesar de ter sido queimado no lixão e queimado novamente no lago em chamas, o Cavalo Burro continuava intacto. Bem, ele continuava morto, é claro, mas não estava queimado. Ninguém se aproximou mais do cavalo depois disso. Deixaram que ele ficasse onde estava para apodrecer. Mas isso levou muito tempo. Tempo demais. E ele não cheirava mal. Os insetos e os animais carnívoros não se aproximavam dele também. Só depois de várias semanas o Cavalo Burro começou finalmente a apodrecer. A pele e a carne dele foram se desfazendo. Os vermes e os coiotes se fartaram. Só sobraram os ossos.

— Filho, essa foi a coisa mais assustadora que já vi. E depois, aquele esqueleto de cavalo ali deitado era de arrepiar.

Passadas mais algumas semanas, o esqueleto virou uma pilha de ossos. O vento e a água acabaram levando embora o que restou.

Essa era uma história de dar medo.

— Ninguém mais nadou no Lago da Tartaruga por uns dez ou onze anos — disse Papai.

Por mim, ninguém mais deveria nadar naquele lago. Mas as pessoas se esquecem. Elas se esquecem das coisas boas e das más. Esquecem-se de que lagos podem pegar fogo. Esquecem-se de que cavalos mortos podem desaparecer e reaparecer como se fosse mágica.

Vocês querem mesmo saber? Nós, índios, somos um bocado esquisitos.

Então, voltando à história daquele dia quente de verão, Rowdy e eu andamos oito quilômetros da minha casa até o Lago da Tartaruga. Durante toda a caminhada, eu só pensava em incêndios e em cavalos, mas não dizia isso a Rowdy, é claro. Ele iria me chamar de mulherzinha ou coisa assim. Certamente diria que aquilo era história para assustar criancinhas. Diria que estava fazendo muito calor e que precisávamos de um lago frio.

Ainda a uma boa distância, pude ver o pinheiro gigante à nossa frente. Era um pinheiro alto, bonito e de um verde profundo. Era o único arranha-céu da reserva

— Eu adoro aquela árvore — falei.

— Isso é porque você é uma bichinha adoradora de árvores — disse Rowdy.

— Não sou bichinha adoradora de coisa nenhuma — respondi.

— Então por que você vive enfiando o pau nos buracos das árvores?

— Eu enfio meu pau é nas árvores meninas — disse.

Rowdy deu uma daquelas suas gargalhadas: ha ha ha, hi hi hi... Uma avalanche de gargalhadas.

Fazer Rowdy rir me dava prazer. Eu era a única pessoa que sabia fazê-lo rir.

— Ei! — disse ele. — Sabe o que a gente deveria fazer?

Eu detestava quando Rowdy me fazia essa pergunta. Era sempre alguma coisa perigosa que ele ia propor.

— O que é que a gente deve fazer? — perguntei.

— Vamos escalar aquela árvore gigante.

— Aquela árvore?

—Não, seu pateta. Vamos escalar essa sua cabeça grande — disse ele. — É claro que estou falando daquela árvore lá adiante. A maior árvore da reserva.

Não tinha discussão, eu teria que escalar aquela árvore com ele. Não podia dizer não. Não era assim que a nossa amizade funcionava.

— Nós vamos morrer — disse.

— Provavelmente — disse Rowdy.

Andamos até o pé da árvore e olhamos para cima. Ela era mesmo muito alta. Fiquei tonto.

— Vá você na frente — disse Rowdy

Cuspi nas mãos, esfreguei-as bem uma na outra e agarrei o primeiro galho. Passei depois ao seguinte. Fui subindo mais um, e mais um, e mais um, com Rowdy atrás de mim.

De galho em galho, fomos escalando em direção ao topo, onde começava o céu.

Perto do topo, os galhos foram ficando cada vez mais finos. Perguntei a mim mesmo se eles aguentariam nosso peso. Temia que, a qualquer momento, um deles se partisse e me deixasse cair em direção à morte.

Mas isso não acontecia.

Os galhos não se partiam.

Rowdy e eu continuamos a subir, subir, subir e chegamos ao topo. Bem, chegamos quase ao topo. Até mesmo Rowdy teve medo de pisar nos galhinhos mais finos. Chegamos a uns três metros da parte mais alta. Não era o topo, mas era perto o suficiente para chamarmos de topo.

Ficamos ali agarrados à árvore com toda força, enquanto ela balançava com a brisa.

Eu estava apavorado, é claro. Aterrorizado... mas também estava achando aquilo muito divertido, sabe?

Estávamos a mais de trinta metros no ar. Dali podíamos ver quilômetros de distância à nossa volta. Víamos de uma extremidade à outra da reserva. Podíamos ver todo o nosso mundo. E todo o nosso mundo era, naquele momento, verde e dourado e perfeito.

— Nossa! — exclamei.

— É bonito — disse Rowdy. — Nunca vi uma coisa tão bonita.

Foi a única vez em que eu ouvi Rowdy falar daquela maneira.

Ficamos lá no alto da árvore uma ou duas horas, sem vontade de ir embora. Tive vontade de ficar lá no alto até morrer. Pensei que talvez, uns duzentos anos depois, uns cientistas encontrariam os esqueletos de dois meninos no alto daquela árvore.

Mas Rowdy quebrou a magia.

Peidou. Um peido gorduroso que, pelo fedor, parecia ser metade sólido.

— Poxa, cara — disse eu —, acho que você acaba de matar a árvore.

Demos gargalhadas.

E depois começamos a descer.

Não sei se alguma outra pessoa escalou aquela árvore. Olho para ela agora, anos depois, e não posso acreditar que a tenhamos escalado.

Como não posso acreditar que tenha sobrevivido ao meu primeiro ano em Reardan.

Depois do último dia de aula, não fiz muita coisa. Era verão e eu não tinha mesmo o que fazer. Passava a maior parte dos dias em meu quarto, lendo histórias em quadrinhos.

Sentia saudades dos meus amigos brancos, dos meus professores brancos, da minha seminamorada translúcida.

Ah, Penelope!

Esperava que ela estivesse pensando em mim.

Já tinha escrito três cartas de amor, e esperava que ela as respondesse.

Gordy queria vir à reserva e passar umas duas semanas conosco. Não sei de onde ele tirou essa ideia maluca.

Roger, que estava de partida para a Universidade Eastern Washington com uma bolsa de estudos conseguida com o futebol americano, tinha deixado seu uniforme de basquete para mim.

— Você ainda vai ser um jogador famoso — ele me disse antes de partir.

Eu me sentia esperançoso e um pouco tolo em relação ao futuro.

E então, ontem, quando eu estava na sala assistindo a um programa de televisão sobre abelhas, alguém bateu à porta.

— Entre — gritei.

E Rowdy entrou.

— Ué? — disse eu.

— Pois é — disse ele.

Nossas conversas sempre foram brilhantes assim.

— O que é que você veio fazer aqui? — perguntei.

— Nada. Estou entediado — disse ele.

— Na última vez em que nos vimos, você tentou me dar um soco — disse eu.

— É. E errei a pontaria.

— Pensei que você fosse quebrar o meu nariz.

— A ideia era essa.

— Sabe — disse eu —, não é a melhor ideia do mundo dar um soco no crânio de um cara que tem hidrocefalia.

— Ah, besteira — disse ele. — Eu não teria mesmo como piorar essa sua cabeça. Além do mais, eu não já te dei uma concussão?

— Deu. E três pontos na testa.

— Ei, cara, eu não tenho nada a ver com aqueles pontos. Meu negócio é concussão.

Eu ri. Ele riu.

— Pensei que você me odiasse — disse.

— E odeio, mesmo. Mas é que estou entediado.

— E eu com isso?

— Que tal a gente ir fazer umas cestas?

Por um segundo, pensei em dizer não. Pensei em dizer a ele que fosse para o inferno. Pensei em fazer com que ele me pedisse desculpas. Mas não consegui. Ele nunca ia mudar.

— Então vamos — disse eu.

Fomos andando até a quadra que fica atrás da escola. Dois velhos aros com cestas de correntes.

Ficamos ali fazendo uns tiros livres, sem grande interesse. Não falávamos. Não tínhamos necessidade de falar. Éramos gêmeos do basquete.

É claro que Rowdy foi se entusiasmando e fez quinze ou vinte cestas seguidas. Eu pegava a bola e jogava de volta para ele.

Aí fui eu que me entusiasmei, fiz vinte e uma cestas seguidas, e ele pegava a bola para mim.

— Quer jogar um contra um? — perguntou ele.

— Quero.

— Você nunca me venceu no um contra um — respondeu ele. — Você é um pé de chumbo.

— Pode ser. Mas isso vai mudar.

— Não hoje — disse ele.

— Talvez não hoje — respondi. — Mas algum dia.

— Bola sua — falou, me entregando a bola.

Girei a bola entre as mãos.

— Onde você vai estudar no próximo ano? — perguntei.

— Onde é que você acha, idiota? Aqui mesmo, onde eu sempre estudei.

— Você podia vir para Reardan comigo.

— Você já me pediu isso uma vez.

— É, mas faz muito tempo. Foi antes de todas essas coisas acontecerem. Foi antes de nós sabermos das coisas. Por isso estou te pedindo de novo. Venha para Reardan comigo.

Rowdy respirou fundo. Por um segundo pensei que ele fosse chorar. Juro. Eu esperava que ele chorasse, mas ele não chorou.

— Sabe, eu estava lendo um livro — disse ele.

— Poxa, você estava lendo um livro! — falei, fingindo surpresa.

— Vá pro inferno — disse ele.

Caímos na gargalhada.

— Então, como eu ia dizendo, eu estava lendo esse livro sobre índios de antigamente, de como costumávamos ser nômades.

— Pois é — disse eu.

— Então procurei "nômade" no dicionário e vi que são pessoas que estão sempre indo e vindo de um lugar para outro em busca de alimento, de água, de pastagem...

— Pois é, nômade é isso mesmo.

— Bem, a questão é que eu não acho que os índios sejam nômades mais. A maioria, pelo menos.

— Não, não somos mesmo — disse eu.

— Eu não sou nômade — disse Rowdy. — Ninguém mais desta reserva é nômade. A não ser você. Você é nômade.

— Tanto faz como você me chama.

— Não, eu estou falando sério. Eu sempre soube que você acabaria saindo daqui. Sempre soube que você nos deixaria e viajaria mundo afora. Tive um sonho com você uns meses atrás. Você estava na Grande Muralha da China. Estava feliz. E eu estava feliz por você.

Rowdy não chorou. Mas eu chorei.

— Você é um nômade como os índios de antigamente — disse Rowdy. — Vai estar sempre indo de um lugar para outro do mundo à procura de água, de alimento e de pastagem. Isso é muito legal.

Eu mal podia falar.

— Obrigado — disse eu.

— Pois é — disse ele. — E vê se me manda uns cartões-postais, seu idiota.

— De todos os lugares — disse eu.

Eu sempre amaria Rowdy. E sempre sentiria saudades dele também. Assim como amaria e sentiria saudades da minha avó, da minha irmã e de Eugene.

Assim como sempre amaria a minha reserva e minha tribo.

E tinha esperanças de algum dia eles me perdoarem por eu os ter deixado.

E tinha esperanças de algum dia perdoar a mim mesmo por tê-los deixado.

— Vamos lá, cara — disse Rowdy —, pare de chorar.

— Será que ainda vamos ser amigos quando formos velhos? — perguntei.

— Ora, quem sabe da vida? — falou Rowdy.

E aí ele me atirou a bola.

— Agora pare de falar besteira e jogue — disse ele.

Enxuguei as lágrimas, quiquei a bola uma, duas vezes e lancei.

Rowdy e eu ficamos jogando ali horas a fio. Escureceu e nós ainda estávamos jogando. As estrelas se acenderam no céu, e nós ali jogando. Jogamos com os morcegos voando sobre nossas cabeças. Ainda jogávamos quando uma lua enorme, dourada e perfeita surgiu no céu escuro.

E não contamos pontos.

Este livro foi composto na tipologia Adobe Garamond Pro, em corpo 12/18,2, e impresso em papel off-white 80g/m² na gráfica Markgraph.